VEILLÉES RÉCRÉATIVES.

Barbou frères Editeurs

Imp Lemercier, Paris

La petite Amélie

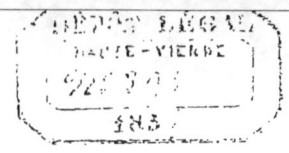

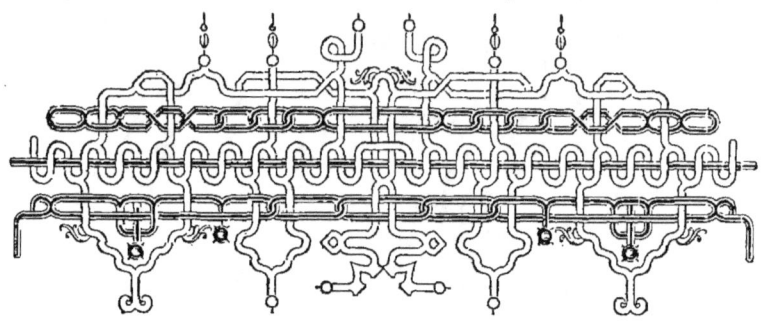

LA PETITE AMÉLIE.

Une petite fille sanglotait dans un élégant salon.

— Mon Dieu, s'écriait-elle, je suis bien malheureuse !

En cet instant, une dame âgée d'environ cinquante ans, mise avec propreté, parlait à la porte de cet appartement ; elle demandait à voir la maman de la petite.

— Elle est sortie, lui répondit-on ; mais voilà une de ses filles.

1858

La jeune Amélie, en apercevant une dame inconnue, cessa de gémir et s'empressa de sécher ses larmes; elle s'approcha de cette étrangère, qui s'était avancée jusqu'au milieu du salon.

— Maman ne reviendra que ce soir, dit-elle.

— Si vous le permettez, ma bonne enfant, je vais me reposer un instant, je suis extrêmement fatiguée.

Amélie avança un fauteuil à l'étrangère, qui s'y assit sans cérémonie; la petite fille se remit à sa place sans dire mot.

Le silence continua pendant un moment, après lequel la dame s'exprima de cette manière :

— Vous paraissez avoir beaucoup de chagrin, ma petite amie, je n'aime point à voir pleurer les enfants; non, la tristesse n'est point faite pour votre âge. Il faut que vous ayez de grands motifs pour vous affliger ainsi que vous le faisiez quand je suis entrée.

Amélie baissa sa jolie tête sans répondre à cette dame, qui lui semblait fort curieuse.

— Il paraît, continua l'étrangère, que vous me jugez indigne de votre confiance; j'aurais pourtant bien désiré connaître votre douleur.

— Quel intérêt pouvez-vous me porter, puisque vous ne me connaissez pas ?

— Il est vrai que je ne vous avais jamais vue, mon enfant, avant d'entrer ici; cependant la haute estime que je professe pour toute votre famille me donne le droit, en quelque sorte, de vous adresser ces questions qui vous prouve l'intérêt que vous savez inspirer d'abord.

— Vous connaissez maman peut-être?

— Très-peu, ma chère petite; son nom est pourtant bien connu chez tous les pauvres dont elle aime à soulager la misère; je venais la prier de me rendre un petit service; je suis fort contrariée de ne pas la rencontrer, car chaque minute qui s'écoule est un siècle pour celui qui souffre et qui attend.

— Ah ! c'est pour donner des secours ? dit Amélie; maman ne s'y refuse jamais !

— Je le sais, mon enfant; aussi je venais sans hésiter auprès d'elle.

Amélie devint pensive; la dame continua :

— Eh bien ! chère petite ! oserez-vous me confier vos chagrins maintenant que nous avons lié toutes deux une connaissance qui ne s'arrêtera pas là, si vous le voulez; madame de Tournelle doit être une maman bien heureuse; car j'imagine que vous réalisez les douces espérances qu'une mère se plaît toujours à nourrir. Vous devez être bien douce, bien obéissante, point méchante; vos traits seraient bien menteurs s'il en était autrement, et votre bonne maman en souffrirait beaucoup.

— Ah ! Madame, je ne suis point aussi bonne que je le parais en ce moment; si vous étiez venue ici il y a seulement une heure, vous ne daigneriez point me parler avec autant de douceur.

— Serait-il possible ? j'ai peine à croire ce que vous me dites; cependant la franchise avec laquelle vous vous condamnez vous-même prouve que vous avez des regrets; reconnaître ses torts c'est déjà un pas immense vers le bien, il ne s'agit plus que de bien veiller sur soi-même, si l'on veut devenir meilleur; on peut tout ce qu'on veut.

— Est-ce bien vrai cela, Madame ? pourquoi donc alors me trouvé-je si souvent fautive, malgré mon désir de bien faire ?

— C'est que, sans doute, cette bonne volonté s'attiédit sans que vous vous en aperceviez; le plaisir, l'amour du jeu, font évanouir comme de la fumée toutes vos bonnes résolutions; c'est alors seulement que vous venez de recevoir les corrections que vous formez le projet de ne plus retomber dans vos fautes. N'est-ce point la vérité ?

— Il faut que cela soit ainsi, Madame.

— Et voilà tout le malheur de l'affaire.

— Devait-on me punir, puisque mes torts ne proviennent que de mon étourderie, et non d'un mauvais cœur ?

— Qu'importe cela, mon enfant, puisque les résultats en sont les mêmes ? Les méchants, les criminels, venant de commettre des actions coupables, n'auraient alors qu'à s'écrier pour obtenir leur grâce : Ah ! c'est ma tête, et non mon cœur, qui a péché. Eh ! non, ma fille, ce n'est pas cela du tout : le mal est fait, on doit en être châtié. Ecoutez, ma petite : la légèreté et le manque de réflexion conduisent à mal faire ; la pente qui conduit dans le précipice est fort rapide, on n'a pas le temps souvent de l'apercevoir. Si votre mère tolérait vos petits écarts, vous en feriez de plus grands : que répondrait-elle à Dieu quand il l'interrogera ? n'est-elle point responsable de votre conduite ? elle a donc le droit de vous punir. Ah ! croyez-le bien, il est affreux et terrible pour le cœur d'une mère d'être obligée d'infliger des punitions à son enfant, tandis qu'il lui serait si doux de le louanger et de le chérir.

— Oh ! j'ai souvent vu maman verser des larmes lorsqu'elle me parlait sévèrement.

— Je le crois, mon enfant ; soyez donc à l'avenir assez bonne, assez généreuse pour lui éviter la douleur de vous réprimander ; vous lui devez ce bien faible dédommagement pour tant de peines qu'elle se donne pour votre bonheur. N'est-ce point la payer trop peu des soins qu'elle prend, et de sa constante sollicitude ? Il est si doux de se dire : Maman est heureuse, heureuse par moi ! rien que cette pensée devrait vous arrêter lorsque vous allez devenir méchante. Mais vous ne m'avez point dit encore le sujet de vos larmes et de cette exclamation qui ne m'est point échappée.

« Mon Dieu, que je suis malheureuse ! »

— Il faut donc vous l'apprendre, dit Amélie; mais permettez-moi, je vous en conjure, de ne point me haïr lorsque vous saurez tout.

— Je vous l'ai déjà dit, je suis fort indulgente pour les enfants.

— C'est aujourd'hui la fête de mon grand-papa; chaque année, à pareil jour, toute notre famille se rend chez lui, le père de ma bonne maman a quatre-vingt-quatre ans ; mais il est si bon, si complaisant pour ses petits enfants, qu'il paraît, pour eux, avoir déposé toute la gravité de son âge, pour condescendre aux folies du nôtre. Aussi c'est toujours un plaisir pour mes sœurs aînées et pour moi, lorsque nous nous trouvons près de lui : ce jour-là surtout, il nous distribue de jolis présents, avec une grande quantité de dragées, ensuite il nous compte de jolies histoires. Oh ! quoiqu'aussi âgé, sa mémoire lui en fournit de charmantes vraiment, qui nous font rire; quelquefois aussi elles nous font pleurer, ce que j'aime beaucoup mieux, voyez-vous, parce que ce sont toujours de fort belles actions, ou des traits d'héroïsme ou d'amour filial, qui nous excitent à répandre des pleurs ; et puis grand-papa nous fait mettre à genoux, et nous donne sa bénédiction, et maman assure que cela porte toujours bonheur.

» Jugez donc maintenant, Madame, si j'ai tort de me lamenter, puisque je reste seule ici, tandis que maman et mes sœurs, ainsi que mes petites cousines, sont chez grand-papa. Oh ! tenez, puisque vous paraissez aussi bonne, laissez-moi encore pleurer, cela me soulagera un peu.

Et Amélie, en effet, versait des pleurs en abondance.

— Pauvre petite, dit la dame, je comprends maintenant

combien vous devez vous trouver malheureuse ; mais j'ignore
ce qui a pu porter votre maman à vous traiter avec autant
de sévérité.

— Oh ! je veux tout vous dire, et c'est pour cela que
j'ai besoin de votre indulgence.

— Vous l'avez d'avance, ma petite amie.

— Pendant le courant de l'année, maman nous exhorte
à la sagesse, à l'obéissance, nous menaçant de ne point
nous conduire chez grand-papa, si nous nous montrions
rebelles à ses avis ; elle sait que c'est la plus cruelle des
punitions. Mes sœurs, plus dociles que moi, sont rarement
en pénitence, c'est toujours moi qui suis prise en faute :
je suis menteuse, vaniteuse, et fort impérieuse avec nos
domestiques ; maman m'a reprise bien souvent sur mes
torts, mais, comme je vous l'ai déjà avoué, j'oublie faci-
lement les morales : oh ! j'ai été bien méchante durant toute
l'année, je n'aurais pu sans rougir me présenter devant
notre vénérable aïeul, qui possède le secret de lire sur le
front des enfants. Maman, il faut vous l'apprendre aussi,
est si bonne, et elle souffre tant lorsqu'elle est obligée de
nous laisser à la maison, qu'elle a poussé la complaisance,
cette année, jusqu'à nous passer bien des pécadilles, pour
ne point trop aussi affliger notre bon papa, qui n'est point
heureux lorsqu'il manque à sa table un seul de ses petits
enfants. À cet effet, cette bonne mère a écrit dès le lendemain de la fête de son père, sur un petit calepin, toutes
nos fautes, et puis, le jour de la fête arrivé, elle devait
en faire la lecture à haute voix et devant nous, et, selon
l'énormité qu'elle leur reconnaîtrait, elle devait nous absou-
dre ou nous punir. Hélas ! ce matin, ma sentence a été
prononcée ici sans espoir de pardon : mes sœurs, plus heu-
reuses, ont reçu des louanges et des caresses, puis, ayant
fait un peu de toilette, elles sont parties avec maman,

tandis que moi je n'ai eu que des reproches, et la solitude et des remords. J'espérais pourtant, jusqu'au dernier moment du départ, que maman, dont tant de fois j'avais éprouvé la bonté parfaite, se laisserait toucher par mes larmes; mais non, Madame, il n'en a rien été : j'ai entendu le carrosse sur le pavé. Mon dernier espoir s'est éteint, je me suis jeté sur le sofa en sanglotant. C'est alors que vous êtes entrée.

— Oui, en effet, il y avait de quoi être sérieusement attristée; mais vous ne voulez donc point m'apprendre quels étaient les griefs si forts qui ont mérité un si terrible châtiment.

» Avouer ses fautes, c'est la marque la plus certaine du regret qu'on en éprouve, c'est mériter l'intérêt de ceux qui vous entendent.

— Oh ! Madame, la crainte de faire horreur retient souvent la langue du coupable.

— Si c'est là le seul motif de votre hésitation, ne craignez rien.

— J'ai fait du chagrin, cette année, à un vieux serviteur tout dévoué aux intérêts de maman.

» Ce pauvre Nicol avait souvent été le témoin de mes incessants caprices, et de la hauteur avec laquelle je commandais nos valets. Vingt ans de service lui donnèrent le droit de me faire sentir mes torts : loin de remercier l'honnête Nicol, je le molestai, et le pris en haine; je formai le coupable projet de le perdre dans l'esprit de maman. Survenait-il une querelle parmi nos gens, d'après mon dire, c'était Nicol qui l'avait suscitée : arrivait-il une négligence, je disais que c'était Nicol qui l'avait commise : je poussai plus loin la calomnie, j'inventai qu'il avait, un jour, levé la main sur moi : maman fut étonnée de mes discours; cependant elle craignait d'agir trop légèrement en condamnant

Nicol, elle attendait quelque chose de plus fort encore pour le renvoyer : son mécontentement perça malgré elle, et Nicol s'en aperçut, il en devint chagrin ; il brûlait de questionner une aussi bonne maîtresse, qui lui retirait ses bonnes grâces sans qu'il eût mérité cette punition.

» Il arriva que Nicol oublia un jour de remplir un ordre que lui avait donné ma mère ; oh ! j'eus la cruauté de me réjouir de cela. Ma joie fut de courte durée.

» Nicol entre au salon pour s'excuser envers maman, je travaillais auprès de mes sœurs.

— Madame, dit-il en entrant, pardonnez-moi le tort de ma mémoire, ne pouvant plus long-temps supporter votre mépris, je réclame, au nom de mes vieux services, que vous daigniez me dire ce qui a pu me priver de votre estime et de votre bienveillante protection, un seul oubli de ma part n'a pu m'attirer un si grand courroux de votre part, j'ai des ennemis secrets qui cherchent à me perdre, nommez-les-moi.

» Nicol pleurait. La vue de ses larmes attendrit maman. J'étais tremblante, je ne savais où cacher ma honte. Maman fit, avec douceur, des réprimandes à cet infortuné : elle lui reprocha d'avoir osé lever la main sur moi.

— Quelle horreur ! quelle infamie ! et vous avez cru, Madame, à ces affreux mensonges ? J'aurais osé me permettre... moi... Oh ! Madame, vous m'avez soupçonné d'un tel crime !...

» Le vieillard continuait de pleurer.

— Mais, dit-il tout-à-coup, demandez plutôt à cette jeune demoiselle ; qui mieux qu'elle pourra vous dire la vérité et vous assurer de mon innocence ?

» Je n'y pus tenir davantage, je m'élançai vers maman, et tombant à ses genoux, je m'écriai aussitôt : Grâce à Nicol, je suis la seule coupable ici, tout ce que je t'ai dit était faux,

il ne m'a jamais manqué de respect, je voulais me venger de
quelques observations qu'il me fit un jour, observations qui,
j'en suis certaine, n'étaient dictées que pour mon intérêt.
O Nicol ! pardonnez-moi tout le mal que je vous ai fait.

— Relevez-vous, Amélie, me dit sévèrement ma mère,
vous êtes une méchante petite fille ; je ne vous aurais jamais
soupçonnée de tant de fausseté.

» Je tombai sur le tapis du salon, m'y roulant dans mon
affreux désespoir.

» Nicol, ému, demandait le pardon de celle qui avait
voulu le perdre.

» Maman lui refusa.

— Je vais noter cette faute sur mon calepin.

— Oh ! Maman, n'inscris point cela, je t'en supplie,
j'effacerai par ma bonne conduite à venir toute la noirceur
de celle que j'ai tenue.

— Nous verrons.

» Et elle écrivait toujours.

— Maintenant, dit-elle en se tournant vers le bon Nicol,
je vous prie de ne point me conserver de rancune. Dites-
moi, mon brave ami (c'est ainsi qu'elle l'appelle familière-
ment), pouvais-je me défier de mon enfant ? Je vous rends
toute l'estime et l'amitié que je vous retirais avec regret.

» Le serviteur essuyait ses yeux en pressant une main
de maman.

» Il retourna à l'office.

» Oh ! que j'ai souffert durant cette cruelle explication !
combien il m'est douloureux encore d'entendre chaque jour
maman me dire : Je ne vous crois point, Amélie ! Oh ! c'est
horriblement cruel de ne plus inspirer de la confiance.

» Me jugez-vous encore digne de votre amitié, Madame,
maintenant? dit Amélie toute rouge. »

— En effet, dit l'étrangère, cette faute est bien grave,

plus grave que je ne l'aurais pensé. La calomnie est un défaut majeur, c'est l'arme la plus tranchante, la plus envenimée dont on puisse se servir; il faut être méchant pour l'employer, car on frappe dans l'ombre et dans le mystère. Si Dieu ne permettait pas que la vérité fût découverte tôt ou tard, que de victimes l'on ferait ! Oh ! c'est bien mal cela ; c'est très-mal.

Et la figure de l'inconnue se voila d'un mécontentement profond.

— O mon Dieu ! voilà ce que je redoutais, je ne vous inspire plus ni intérêt ni pitié.

— Non, sans doute, s'il était vrai que vous n'eussiez point cherché à redevenir une bonne et vertueuse enfant. Depuis lors, avez-vous encore calomnié quelqu'un ? Si l'occasion vous en a manqué, en avez-vous eu le désir ?

Et les yeux scrutateurs de la dame s'attachaient sur ceux de l'enfant.

— Oh ! non, jamais, Madame, dit Rosa d'une voix émue, jamais.

— A la bonne heure, mais sans doute que vous avez d'autres aveux à me faire ?

— Hélas ! oui, Madame.

» J'ai souvent manqué de douceur et d'application ; je suis très-curieuse : maman dit aussi que je tiens trop aux avantages que m'a donnés la nature ; elle m'accuse de tirer vanité de ma figure. Je ne sais point ménager mes habillements. Maman assure encore qu'avec les économies que nous pourrions faire, nous assurerions un sort plus heureux à quantité d'infortunés qui manquent de pain, auxquels nous retirons nos bienfaits, si nous savions mettre de l'ordre et de l'arrangement dans nos affaires.

» Ainsi maman, chaque samedi, visite un bon nombre de pauvres familles, chez lesquelles elle porte des secours, et moi j'en suis exclue depuis six mois.

» Il faut encore vous faire savoir que maman nous donne chaque mois une petite somme que nous devons employer comme bon nous semblera; toutefois elle nous retient la valeur de ce que nos étourderies peuvent nous coûter. Pour ma part, j'ai cassé un beau cabaret de porcelaine, qu'il m'a fallu remplacer; j'ai taché avec de l'encre deux robes neuves, et brûlé deux tabliers : tout cela m'a coûté fort cher. Mes sœurs, n'ayant point eu de pertes à réparer, remettaient leurs économies à maman, ou mieux que cela, elles les ont distribuées elles-mêmes aux pauvres, qui prient pour elles. Moi, je n'avais rien à donner, je me suis privée de toutes les jouissances possibles. Oh! si j'eusse imité mes sœurs, certainement j'aurais été aussi heureuse qu'elles.

» Voilà tout, Madame, ne me condamnez pas, songez que j'expie aujourd'hui mes derniers torts. Oh! je veux redevenir aimable et chère à ma bonne maman, comme par le passé.

— Je vous crois, ma chère enfant, et j'espère que vous allez persévérer enfin dans ces louables intentions; songez pour cela que le bonheur réside dans l'accomplissement de ses devoirs. Les témoignages de satisfaction d'une mère sont d'ailleurs si doux à recevoir!

» Une mère représente à ses enfants la présence de Dieu sur la terre. C'est elle qui a reçu la sainte mission du ciel de conduire ces petits êtres si chers qui lui doivent le jour dans le chemin de la vertu. J'approuve fort la sévérité de la vôtre; sa morale est simple, bien des parents devraient l'adopter; punir un enfant en lui faisant supporter les conséquences de sa mauvaise conduite c'est vouloir sûrement le corriger, c'est lui apprendre déjà ce que c'est que la vie; jamais nous ne faisons le mal sans en recueillir des fruits amers, tandis que le bien que nous pratiquons nous attire, avec l'estime publique, celle plus précieuse encore que nous nous rendons dans le fond de notre conscience, estime qui sait nous procurer des joies ineffables. O ma chère enfant, n'en doutez pas, ce n'est que la vertu qui fait le bonheur. Une petite fille ignorante des choses de la vie, science qu'on achète trop souvent par une expérience tardive, doit se fier à sa maman pour la guider; l'obéissance devient une habitude de faire le bien, habitude qui se change plus tard en besoin réel d'être bon et vertueux; les femmes, surtout, ne sauraient trop se plier de bonne heure à la soumission. La douceur est un de ses premiers agréments; la beauté sans bonté cesse de plaire.

» Je vais vous conter, puisque nous en avons le temps, une petite histoire qui vous fera plaisir, je pense. Ne dois-je pas payer votre confiance en moi d'un égal retour? Ecoutez.

» J'ai connu une pauvre mère qui avait deux petites filles; l'aînée s'appelait Junia; elle avait des traits de la plus grande laideur, mais, en revanche, elle était bonne, sensible, et portait à sa mère le plus tendre attachement, uni au plus tendre respect.

» La cadette portait le nom de Juliette; bien différente de sa sœur, elle était belle et vaniteuse, insouciante, paresseuse, enfin elle professait les sentiments les plus indifférents pour sa mère; car sitôt qu'elle en était contrariée, ce qui arrivait souvent, parce qu'elle ne voulait faire aucun effort pour se corriger de ses défauts, elle trépignait et proférait des paroles si froides, si irrespectueuses, que la mère ne pouvait s'empêcher de verser des pleurs sitôt qu'elle les entendait. Qu'arriva-t-il de tout cela? c'est que Junia fut tendrement aimée par sa mère et par toutes les personnes qui savent reconnaître le vrai mérite, tandis que Juliette, malgré ses traits gracieux, fut constamment l'objet du mécontentement et de la haine de ceux qui connaissaient son mauvais cœur.

» Cette dame n'avait en partage aucune fortune ; elle vivait journellement du travail de ses mains ; Junia, attentive et laborieuse, l'aidait admirablement, et passait auprès de sa mère tout le temps pendant lequel Juliette se mirait en se donnant des airs, qu'elle croyait devoir l'embellir encore, quand ils servaient à la rendre complètement ridicule. La pauvre mère voyait avec chagrin tout ce qui se passait ; rien n'échappe aux regards d'une mère ; elle soupirait avec amertume en désespérant de corriger Juliette. Junia multipliait alors ses soins, elle comprenait, l'aimable fille, qu'il lui fallait aimer sa mère pour deux.

» Un jour que, fatiguée d'avoir travaillé, la mère, accompagnée de ses deux enfants, se promenait au jardin du Luxembourg, elles s'étaient assises sur des bancs de cette promenade, lorsqu'un étranger déjà vieux, mais dont la physionomie calme et sereine annonçait la quiétude parfaite de la conscience, et les riches habits, l'opulence, vint s'asseoir à côté de la mère. Cet étranger aimait les enfants, et il devinait sans peine les bons et les mauvais ; il comprit de suite que cette mère avait autant de satisfaction d'un côté que de chagrin de l'autre. Il ne tarda pas à lui adresser la parole ; la franchise et sans doute la misère qui était si bien empreinte dans les habits plus que modestes de la mère intéressèrent cet étranger en sa faveur ; on parla d'abord de choses indifférentes ; cette dame, peu habituée à converser avec des personnes inconnues, ne put se défendre d'éprouver du plaisir en causant avec cet étranger, tant il avait de l'honnêteté et de la bienveillance dans ses manières. Il paraissait appartenir à un rang distingué et à une nation étrangère, car c'est tout au plus s'il pouvait exprimer ses pensées, après en avoir fait une espèce d'étude mentale. Junia se montra douce et respectueuse comme elle était toujours, ce qui lui attira des éloges. L'inconnu lui adressa plusieurs questions, auxquelles elle répondit avec modestie et précision. Mais Juliette, mécontente à l'excès de voir qu'on ne s'apercevait pas de sa présence, se leva et fut errer dans les allées du jardin; puis revenant un instant après:

— Maman, disait-elle, partons, il va pleuvoir; tiens, regarde ce nuage!

Elle interrompit une conversation qui lui était odieuse.

— Partons donc, j'ai froid!

» Et voyant qu'on continuait toujours à parler, sans tenir compte de ses discours, elle prit le parti de s'en aller toute seule; heureuse enfin de se dérober aux regards inquisiteurs de cet inconnu, qu'elle trouvait fort malhonnête, à cause qu'il ne s'extasiait point sur sa beauté. Cependant la nuit approchant, la mère parla de rentrer, elle appela doucement Juliette, qui ne revint point; ce qui contraria beaucoup la dame, et autorisa l'étranger à faire quelques demandes touchant les deux petites filles; la pauvre mère avoua toute la vérité et sa fâcheuse position.

» Là-dessus le riche inconnu fit entendre quelques consolations, qu'on se plaît à répéter même sans y croire; ces phrases banales sont continuellement dans la bouche des indifférents: elle est jeune, elle changera; et les mères les reçoivent avec plaisir, parce que l'espérance est chose si nécessaire à la vie qu'on se plaît à la saisir partout où elle se rencontre. L'étranger demanda le nom de la rue et le numéro de la maison qu'elle habitait, après quoi, sans en dire davantage, on se sépara. En arrivant chez elle, la dame trouva Juliette qui l'attendait sur l'escalier, et se plaignant vivement de ce qu'on l'avait laissée revenir toute seule.

» La mère la gronda sévèrement; mais Juliette se moquait des réprimandes, elle agissait toujours d'après sa seule volonté.

» Le bon Dieu veille sur les êtres bons et vertueux, en les récompensant toujours de leurs bonnes actions; il sait aussi punir ceux qui demeurent sourds à la voix de la raison. Combien d'exemples je pourrais vous citer, ma chère petite, qui serviraient d'appui à mes paroles ! Ce qui arriva à la famille dont je vous entretiens en est aussi une preuve certaine.

» Six mois s'étaient écoulés depuis la promenade du Luxembourg ; Junia n'avait pourtant point oublié l'aimable étranger qui lui avait témoigné de la bonté et du plaisir à la connaître, elle s'en entretenait fort souvent avec sa mère. Un soir qu'elles étaient revenues sur ce chapitre, s'étonnant de ne point l'avoir revu, on frappa à la porte, un inconnu se présente aussitôt, remettant des papiers à la dame. Un acte rendait Junia propriétaire d'une maison évaluée à la somme 20,000 francs ; une lettre à la mère accompagnait cette étrange donnation. Elle était ainsi conçue :

« Madame ;

» Je suis immensément riche, et je n'ai point d'enfants ;
» faire le bonheur des infortunés a toujours été ma passion
» dominante ; récompenser la vertu est une douce loi pour
» mon cœur. D'après toutes les informations prises sur vous
» et sur vos filles, j'ai recueilli que votre douce et sage Ju-
» nia était un ange qui savait adoucir les cruelles épreuves
» qu'il a plu à Dieu de vous envoyer sur la terre, vous ai-
» dant autant qu'elle le pouvait dans votre occupation jour-
» nalière. Juliette, au contraire, vous est constamment nui-
» sible, et demeure indifférente envers vous et sa sœur ; de
» plus, elle est vaniteuse et se croit un prodige de beauté. Je
» dois retourner en Prusse, ma patrie ; daignez recevoir de
» ma part, et pour votre charmante Junia, un cadeau que je
» lui offre bien volontiers ; je suis bien persuadé qu'elle par-
» tagera tout avec sa mère, ainsi que son devoir le lui pres-

» crit. Quant à Juliette, je lui souhaite un retour sur elle-
» même, en comprenant enfin qu'on ne s'attire qu'un pro-
» fond mépris lorsque l'on est, ainsi qu'elle, égoïste et mé-
» chante.

» Je désire pour vous tout le bonheur que vous méritez;
» n'oubliez jamais l'étranger du jardin du Luxembourg. »

» Vous comprenez tout l'effet que produisit cette lettre :
d'une part satisfaction et joie, et de l'autre déception et chagrin; la leçon fut sévère pour Juliette; mais, Dieu merci!
elle ne fut point inutile; Juliette fut corrigée pour toujours,
et l'heureuse mère dut à cet estimable et bienfaisant Prussien
l'aisance et le bonheur.

» Cette mère, vous la voyez, mon enfant, elle n'est autre
que moi-même.

— Oh! Madame, dit Amélie au comble de la surprise, tout
cela vous est arrivé? Je voudrais bien connaître vos aimables
filles; car j'imagine que Juliette est devenue comme sa sœur.

— Absolument, je ne sais laquelle j'aime le mieux maintenant; si votre maman le permet, je vous les présenterai un
jour.

— Oh! oui, maman ne me refuse rien lorsque je suis
sage.

— Puisse le récit que je viens de vous faire, joint à vos
bonnes résolutions, opérer ainsi sur vous un changement
désirable, et la journée que nous avons presque passée ensemble n'aura point été sans porter de fruit. Il est nuit, mes
filles doivent être inquiètes de mon absence, votre maman
tarde trop, et je vais me retirer. A l'instant le bruit d'une
voiture annonça le retour de madame de Tournelle. En quelques minutes elle fut rendue au salon, où elle demeura surprise de trouver une dame avec Amélie. Après les salutations
d'usage, la dame expliqua le motif de sa visite, madame de

Tournelle accéda à sa demande touchant la charité qu'elle réclamait pour une mère de famille, veuve et chargée de sept enfants.

Amélie étant sortie de l'appartement, ainsi que ses sœurs, l'étrangère raconta ce qui s'était passé entre elle et la petite fille; madame de Tournelle ne cacha point les défauts d'Amélie, mais non sans faire aussi l'éloge de sa sensibilité et d'un bon cœur, que la dame lui avait aussi reconnu.

— Je suis bien heureuse, dit madame de Tournelle, si, mettant à profit votre morale, elle cherche à modérer les élans de sa vivacité et d'une frivolité coupable. Amenez ici quelquefois vos petites filles, l'exemple est souvent plus profitable que les leçons.

Ces deux personnes vertueuses, enchantées de se connaître, se quittèrent avec l'espoir de se revoir encore.

Depuis ce jour, Amélie devint attentive et sensée; elle cherchait à lire dans les regards de sa mère tout ce qui était bien ou mal, afin de s'y conformer. Elle se rappelait cette journée si triste où cette bonne étrangère lui tint fidèle compagnie tout en lui traçant ses devoirs; aussi chaque fois qu'elle arrivait chez sa mère, Amélie lui disait en l'embrassant :

— Je suis bien sage maintenant; maman m'aime beaucoup. Oh! j'irai aussi chez grand-papa le jour de sa fête.

Mais l'attachement qui se forma entre elle et Junia servit encore mieux à la fortifier dans la bonne route qu'on lui avait tracée; cette aimable jeune fille, dont l'extrême bonté effaçait la laideur, était remplie d'affection pour la petite Amélie; elle ne perdait jamais l'occasion de lui prouver combien elle désirait la voir heureuse. Une amie vertueuse est un présent du ciel; car, à cet âge heureux où les impressions sont si faciles, n'est-ce point un bonheur d'avoir constamment sous les yeux de bons modèles à imiter?

Le jour de la fête du grand-père étant arrivé, le fatal calepin ayant été lu, rien sur le compte d'Amélie, rien que de généreux et bon; aussi avec quel plaisir elle monta dans la calèche !

— Ah! te voilà enfin, dit le respectable vieillard, je te bénis.

Et ses mains tremblantes par l'âge se posèrent sur la tête de l'enfant.

Oh! elle sentit mieux que jamais que l'on travaille contre ses intérêts en ne veillant point sur soi-même; elle fut comblée d'éloges, de présents et de bonbons, et le soir, en s'en retournant, elle disait à sa mère et à ses sœurs :

— Oh! le bonheur n'est autre chose que la vertu.

Barbou frères Editeurs

Imp Lemercier, Paris

Les effets de la peur.

LES EFFETS DE LA PEUR.

M. de Fréville était une après-midi dans son cabinet avec ses quatre enfants, Lucien, Charlotte, Denise et Félix, lorsqu'il reçut a visite de ses trois meilleurs amis, Vermont, Feuilleragues et Fonbonne. Les enfants aimaient beaucoup ces messieurs, et se réjouirent de leur arrivée. Ils prêtaient une oreille attentive à leurs entretiens, qui furent si instructifs et si amusants que la soirée et même la nuit étaient déjà venues sans qu'on eût songé à se détourner pour demander de la lumière. M. de Vermont en était aux détails les plus curieux de ses longs voyages, lorsqu'on entendit frapper rudement à la porte. Les enfants se rassemblèrent bientôt en peloton derrière le fauteuil de leur père, qui attendait toujours que l'un d'eux allât ouvrir. Il en avait donné l'ordre à Lucien, son fils aîné; mais Lucien l'avait fait passer à Charlotte, Charlotte à Denise, et Denise à Félix. Durant le cours des négociations, on avait frappé une seconde fois, et aucun d'eux ne bougeait de sa place. Leur père les regarda d'un œil qui semblait leur demander si c'était à lui ou à ses amis de prendre la peine de se lever de leur siége. Enfin ils se mirent en marche tous les quatre ensemble dans l'ordonnance grossière d'un bataillon carré, bien tapis les uns contre les autres. Quand ils furent près de la porte, Lucien se détacha d'un pas craintif, et la poussa brusquement, en se repliant avec précipitation sur le petit corps d'armée. Mais le petit corps d'armée eut bien une autre peur au tintamare soudain qui se fit alors entendre, et à l'apparition d'un corps blanchâtre qui rampait à quatre pattes avec des grogneries étouffées. Les quatre nouveaux Sosies prirent la fuite en poussant des hurlements d'effroi. — Qui est donc là? s'écria M. de Fréville d'un ton d'impatience. — Moi, Monsieur, répondit une voix sourde, qui semblait sortir du plancher. — Et qui êtes-vous? — C'est le garçon perruquier, Monsieur, qui cherche votre perruque qu'on vient de faire tomber. Je vous laisse penser, mes amis, quels éclats de rire succédèrent au morne silence qui venait de régner un moment. On tira la sonnette pour avoir des flambeaux, et bientôt on aperçut, à leur clarté, la boîte à perruque toute en pièces, et la malheureuse perruque renversée à terre, qui chaussait, comme une large pantoufle, l'un des pieds du garçon.

Lorsque le premier tumulte de cette scène risible fut apai-

sée, M. de Fréville plaisanta ses enfants sur leur poltron-
nerie, et leur demanda de quoi ils avaient eu peur. Ils ne
le savaient pas eux-mêmes, car ils étaient accoutumés dès
le berceau à ne pas s'effrayer de l'obscurité, parce qu'on les
y avait laissés quelquefois seuls pour les aguerrir, et qu'il
avait été expressément défendu à tous les domestiques
de leur faire de ridicules histoires de spectres et de revenants.

La conversation générale détournée de son premier sujet,
vint à rouler sur ce point, et l'on examina d'où pouvaient
provenir les frayeurs dont les enfants sont ordinairement
saisis dans les ténèbres.

— C'est un effet naturel des ténèbres elles-mêmes, dit
M. de Vermont. Comme ils ne peuvent distinguer avec jus-
tesse les objets qui les environnent, l'imagination qui ne
demande que du merveilleux, les leur présente sous des for-
mes extraordinaires, les grossissant ou les rapetissant à son
gré. Alors le sentiment de leur faiblesse leur persuade qu'ils
ne peuvent résister à ces monstres chimériques. La terreur
s'empare de leurs esprits, et les frappe d'impressions quelquefois mortelles.

— Ils seraient bien honteux, dit M. de Fréville, s'ils
voyaient au grand jour ce qui leur inspire tant de crainte dans
l'obscurité.

— C'est comme si je le voyais, interrompit Lucien,
car je n'ai qu'à toucher : alors je sais bien ce que j'ai devant moi.

— Oui, répondit Charlotte, tu viens de nous donner
une belle preuve de ton courage. C'est pour cela que tu
m'aurais laissé toucher la porte si je ne t'avais poussé.

— Il te sied bien de parler de ma peur, répliqua Lucien,
toi qui t'es allée cacher derrière Félix.

— Et Félix derrière moi, ajouta la petite Denise.

—Allons, dit M. de Fréville, je vois que vous n'avez rien
à vous reprocher les uns les autres. Mais l'expédient de
Lucien n'en est pas moins raisonnable, parce que, dans
toutes ces représentations extravagantes que l'on se forme,
il n'y a jamais que les accidents naturels à craindre, et
qu'on peut s'en préserver en reconnaissant, par le toucher,
ce qui nous offusque. C'est pour avoir négligé cette précaution dans l'enfance, qu'on s'accoutume à voir ensuite des
fantômes dans tout ce qui nous entoure. Il me revient,
à ce propos, une histoire assez drôle, que je vais vous
raconter.

Les enfants joyeux se rangèrent en cercle autour de lui, et
M. de Fréville commença en ces mots :

« Dans la maison de mon père, il y avait une servante
qu'on envoya un soir à la cave chercher du vin pour le sou-
per. On s'était déjà mis à table, et on ne voyait venir ni le
vin, ni la servante. Ma mère, d'un caractère très-vif, se
leva pour l'aller appeler elle-même. La porte de la cave était
ouverte, et personne ne répondait à ses questions. Elle m'ordonna de prendre un flambeau, et de descendre avec elle.
Je marchais le premier pour l'éclairer. Comme ma vue
se portait en avant, je ne regardais point à mes pas. Tout-
à-coup je tombe de ma hauteur sur quelque chose de flas-
que, où mes pieds s'étaient embarrassés ; ma lumière s'é-
teint, et, cherchant à me relever, j'appuie sur une main immobile et glacée. Au cri que je pousse, la cuisinière descend
avec une chandelle. On approche, et nous trouvons notre
pauvre servante étendue le visage contre terre, dans un profond évanouissement. On la relève, on lui fait respirer des
sels ; elle reprend peu à peu ses esprits ; mais à peine ses
yeux sont-ils rouverts qu'elle s'écrie d'une voix effarée, en se
débattant dans nos bras : .

—Ah ! la voilà, la voilà encore !

— Qui donc ? lui demanda ma mère.

—Cette grande femme blanche, pendue à la voûte !

Nous regardâmes du côté qu'elle nous montrait, et nous vîmes effectivement quelque chose de blanc et de long suspendu dans un coin.

— N'est-ce pas cela ? s'écria la cuisinière en poussant un grand éclat de rire. Eh! c'est le gigot que j'ai acheté aujourd'hui. Je l'ai mis ici au crochet pour le tenir frais, et je l'ai entouré d'un linge pour le garantir des insectes.

Elle courut aussitôt détacher l'enveloppe, et présenta le gigot à sa camarade encore toute tremblante de frayeur. Ce ne fut pas sans peine qu'on parvint à la convaincre de sa ridicule méprise. Elle s'obstinait à soutenir que le fantôme l'avait renversée d'un coup d'œil effrayant; qu'elle avait voulu se sauver, qu'il l'avait poursuivie et accrochée par sa juppe, et qu'il lui avait ensuite arraché avec violence le flambeau de la main; elle ne savait plus ce qui lui était arrivé depuis ce moment.

—Il n'est pas difficile, dit M. de Vermont, d'expliquer ce qui s'était passé dans sa tête. Lorsqu'elle fut effrayée au point de s'évanouir, son sang s'arrêta tout-à-coup; et, comme elle ne pouvait s'enfuir, elle s'imagina qu'elle était retenue. Sa main, en se raidissant, laissa tomber son flambeau : elle crut que le fantôme le lui avait arraché.

» Mais voici un autre exemple fort plaisant :

» Thomas, gros fermier, revenait un soir de la foire du village voisin avec Etienne et Suzette, ses deux enfants. C'était vers les derniers jours de l'automne, où la nuit commence à régner de bonne heure sur l'horizon. En passant devant une auberge, le père dit aux enfants qu'il avait besoin d'y entrer pour se rafraîchir; et, comme ils savaient la route, il leur ordonna de la suivre, en leur disant qu'il les rejoindrait bientôt. Etienne et Suzette s'en allaient donc à petit pas, s'entretenant des farces plaisantes qu'ils avaient vu faire aux marionnettes, et les répétant pour s'amuser. Tout-à-coup, vers le milieu d'un sentier qui venait se rendre au grand chemin par le coin d'un petit bois, ils aperçurent quelque chose de flamboyant qui s'agitait sur la terre, et qui semblait danser en s'élevant et s'abaissant tour à tour Thomas, autrefois soldat, leur avait souvent dit qu'il ne fallait pas avoir peur de ce qui, dans l'éloignement et les ténèbres, portait quelque forme effrayante, et qu'en s'en approchant on trouverait toujours que ce ne serait rien. Etienne, dans ce moment, avait oublié toutes ses instructions. Il bégayait à peine, tremblant de tout son corps, et glacé d'effroi. Suzette se moqua de ses craintes, et lui déclara qu'elle voulait voir la chose de près. Son frère eut beau lui protester que c'était des revenants, des hommes de feu qui lui tordraient la nuque, elle ne fut point découragée par ces folles imaginations, et s'avança vers la lumière d'un pas intrépide.

» Elle n'en était plus éloignée que de vingt pas lorsqu'elle reconnut le joueur de marionnettes de la foire, qui, avec sa lanterne, cherchait quelque chose autour de lui.

» En tirant son mouchoir de sa poche, il avait enlevé sa bourse, et depuis un quart d'heure il la cherchait inutilement. Suzette, plus avisée, se mit à fureter dans les buissons, et la trouva bientôt accrochée aux branches d'un aubépin. Le joueur de marionnettes lui donna pour sa peine ce drôle de polichinelle qui l'avait fait tant rire, et tout le long de la route il lui apprit à le faire jouer.

» Ils ne faisaient que d'entrer dans la ferme lorsque Thomas y arriva. Le joueur de marionnettes lui raconta son aventure, et loua le courage de Suzette. Cependant la nuit devenait plus sombre, et le pauvre Etienne ne parais-

sait point. Son père commença à craindre qu'il ne lui fût
arrivé quelque malheur. Il prit un gros flambeau de résine,
et courut avec sa fille sur le grand chemin pour le chercher.

» Ils allaient à grands pas, se tournant de tous côtés et
l'appelant sans cesse. Enfin ils entendirent au loin une voix
d'enfant qui leur répondait par des cris douloureux. Ils y
coururent, et ils trouvèrent le malheureux Etienne dans un
fossé profond dont il ne pouvait sortir. Il était couvert de
boue de la tête aux pieds, et il avait le visage et les mains
tout déchirés par les broussailles.

— Et comment diantre t'es-tu fourré là-dedans? lui dit
Thomas, en l'aidant à s'en tirer.

— Ah! mon père, c'est que je courais, tournant la tête
vers l'homme de feu qui me poursuivait, et je suis tombé
dans cette fosse. Je voulais en sortir, je n'ai trouvé pour
m'accrocher que des épines. Voyez comme elles m'ont mis
tout en sang, et là-dessus il recommença ses cris et ses
lamentations.

» Son père le tança rudement pour sa poltronerie. Etienne
en fut bien plus honteux, lorsqu'il apprit l'heureuse aventure de Suzette. Il ne pouvait se consoler d'avoir perdu sa
part du joli polichinelle qu'elle savait déjà faire jouer si adroi-
tement.

— La lanterne de votre récit, dit M. de Feuilleragues, me
rappelle un évènement où la mienne a joué un rôle encore
plus effrayant pour toute une bourgade.

» Je revenais un soir d'une tournée que j'avais faite pour
des recrues dans les villages d'alentour. Il était tombé depuis
midi une pluie affreuse qui avait rompu tous les chemins;
elle se précipitait encore avec la même violence; mais, comme
il me fallait rejoindre la marche le lendemain au matin de
bonne heure, je me remis en route avec la précaution de

prendre une lanterne pour m'éclairer dans un pas dangereux
que l'on m'indiqua.

» Je venais de passer l'abri d'une petite colline, lorsqu'un
coup de vent furieux emporte mon chapeau jusque vers le
milieu d'un étang profond. Heureusement j'avais un grand
manteau rouge, je le fis remonter sur ma tête, en me ména-
geant une petite ouverture pour voir à me conduire et pour
respirer. De peur que l'ouragan ne s'engouffrât dans ses plis,
je passai mon bras droit autour de mon corps afin de l'assu-
jettir, en sorte que ma lanterne, que je tenais de la main
droite, se trouvait sous mon épaule gauche. A l'entrée d'une
bourgade, bâtie sur le penchant d'une montagne, je rencon-
trai trois voyageurs, qui ne m'eurent pas plus tôt aperçu qu'ils
se mirent à fuir comme si quelque démon les eût emportés.
Je continuai ma route au galot, et j'allai descendre dans une
hôtellerie où je voulais prendre quelque repos. Bientôt après
j'y vis arriver mes trois poltrons, pâles et plus morts que
vifs. Ils racontèrent, en frissonnant d'effroi, qu'ils venaient
de trouver un grand cadavre tout dégoûtant de sang, qui portait sa tête en feu sous son bras. Il était monté, disaient-ils,
sur un cheval noir par devant et gris par derrière, qui n'avait
pas laissé, tout boiteux qu'il était, de monter tout droit la
montagne avec une vitesse extraordinaire. Ils avaient eu soin
de sonner l'alarme dans toute la bourgade. On les avait suivis
jusqu'à la porte de l'hôtellerie, et il s'y trouvait près de cent
personnes pressées les unes contre les autres, ouvrant leurs
bouches et leurs oreilles à cet épouvantable récit. Pour me
dédommager des désagréments de mon voyage, je résolus de
rire encore à leurs dépens, avec le projet de les guérir ensuite
de leur frayeur. J'allai reprendre secrètement mon cheval,
et, m'étant remis à quelque distance dans le même équipage,
excepté que ma lanterne était sur le devant de mon épaule,
j'arrivai à bride abattue devant la porte de l'hôtellerie. Il au-

rait fallu voir toute cette foule consternée, les uns cachant
leur tête entre leurs mains, les autres se précipitant dans
l'auberge : il n'y eut que l'hôte seul qui eut le courage de
rester sur la porte et de me regarder. Alors je tirai ma lanterne de dessous mon bras, je dépouillai mon manteau, et je
parus à ses yeux tel qu'il m'avait vu l'instant auparavant au
coin de sa cheminée. Ce ne fut pas sans peine que nous vîn-
mes à bout de rappeler ces bonnes gens de leur profonde terreur; les trois voyageurs surtout, encore frappés de la première impression, n'en pouvaient croire leurs propres yeux.
On finit par les railler de leur vision, et par boire à la santé
du grand cadavre sans tête, qui, faute de cet éclaircissement,
allait peut-être, de ville en ville, répandre, pour des siècles,
une frayeur superstitieuse dans toute la contrée. »

— Il ne tenait donc qu'à moi, dit M. de Fonbonne, de
fournir aussi le sujet d'une belle relation aux commères de
mon pays, dans une aventure nocturne qui m'est arrivée lors
de ma première jeunesse.

« Je venais d'achever mon cours de rhétorique, lorsque
j'allai passer le temps des vacances à la maison de campagne
de mon oncle. J'eus une fois besoin de me lever dans la nuit.
Il fallait traverser une vaste galerie; et je n'avais d'autre lumière pour y guider mes pas que les faibles rayons de la lune,
obscurcis par des nuages. En passant devant une porte vitrée
qui s'ouvrait devant une porte du jardin, je vis une masse
informe qui se glissait le long des arbres. La lune qui la frap-
pait obliquement d'une sombre lueur, lui donnait une appa-
rence effrayante, celle d'un grand colosse, dont la moitié du
corps serait courbée en avant. A mesure qu'il s'éloignait, je
le voyais se rappetisser par degré; tout-à-coup il semble se
partager en deux : une moitié paraissant immobile et morte;
l'autre, dans un grand mouvement, s'agitait autour d'elle.
Comme aucune des deux ne venait de mon côté, la frayeur

dont j'étais saisi me laissa la force d'appeler au secours ; mais à peine eus-je à demi poussé le premier cri, que la moitié vive du fantôme accourut vers moi, et me dit d'une voix suppliante : « Ah ! M. Cyprien, ne criez pas, je vous en prie. Au nom de Dieu, taisez-vous. » La voix ne m'était pas inconnue. Je m'armai de résolution, je m'avançai vers lui. Qui es-tu ? lui dis-je : un voleur sans doute ? — Eh ! non, M. Cyprien, non certainement : je suis Picard le cocher. — Ah ! c'est toi, répondis-je, que fais-tu donc ? » J'allai le rejoindre, et j'aperçus un grand sac debout contre la muraille, qu'il chargeait sur sa tête. Je vis clairement alors ce qui lui avait donné cette stature monstrueuse, et pourquoi il m'avait paru se partager en deux lorsqu'il avait jeté le premier sac à terre. Je lui demandai ce qu'il emportait à une heure si indue. « C'est que je dois, me répondit-il, aller de bonne heure à la ville. Hier au soir, j'oubliai de tirer de l'avoine du grenier, il faut cependant que mes chevaux la mangent avant le jour ; je me suis levé pour en venir chercher ; mais n'en dites rien, je vous en supplie ; on pourrait me croire coupable de négligence, ou imaginer que je suis un voleur. » Je compris tout de suite qu'il pourrait bien être, en effet, ce qu'il craignait de paraître. Je l'avais vu moi-même prendre de l'avoine le soir. D'ailleurs ce n'était point du côté de l'écurie qu'il portait ce sac, mais vers la petite ruelle qui passait au bout du jardin ; et puis il ne fallait pas sûrement deux grands sacs d'avoine pour trois chevaux. Dès le lendemain, j'instruisis mon oncle de ce manége. Après quelques perquisitions, on découvrit qu'il avait une fausse clé, et que, de cette manière, il avait plusieurs fois emporté, dans la nuit, une grande partie des provisions de nos pauvres chevaux.

» Si, lorsque le prétendu fantôme se fut approché de moi et m'eut appelé par mon nom, je n'avais pas surmonté ma première frayeur, et que je me fusse sauvé dans ma chambre pour l'éviter, de quelles terribles idées ne me serais-je pas tourmenté pendant toute la nuit ! Cette image m'aurait peut-être poursuivi le reste de ma vie, m'aurait rendu faible et peureux, si même elle n'avait pas attaqué mes nerfs et dérangé mon cerveau. »

M. de Fonbonne aurait eu effectivement ce malheur à craindre. Je viens d'être instruit d'un évènement funeste, qui prouve combien les effets de la peur sont terribles pour les enfants. Je vais vous le raconter, mes amis, et j'espère que cet exemple vous guérira de la manie odieuse que vous avez de chercher à vous effrayer les uns les autres, surtout dans les ténèbres.

« Le jeune Charles de Pommery, enfant plein d'esprit et de talents, avait pris un goût si vif pour la musique, que, non content de la leçon de clavecin qu'il recevait chez lui dans la matinée, il allait encore tous les soirs la répéter chez son maître, qui demeurait dans le voisinage de la maison de son père.

» Son frère Auguste, très-bon enfant aussi, mais dont les goûts étaient plus tournés vers la dissipation, employait son temps à forger dans sa tête mille nouvelles espiègleries. Il s'était aperçu que Charles rentrait le plus souvent tout seul au logis, et quelquefois dans l'obscurité. Il forma le dessein de lui faire peur.

» Depuis quelques jours il s'exerçait, à l'insu de sa famille, à marcher sur des échasses. Un soir il les prend à ses pieds, s'affuble d'un grand drap blanc, qui, malgré sa hauteur, traînait jusqu'à terre, couvre sa tête d'un chapeau noir à bords rabattus, d'où pendait un long crêpe de deuil, et, dans ce grotesque attirail, il se place debout à l'entrée de la maison pour attendre son frère. Celui-ci revenait, dans la joie innocente de son âge, fredonnant l'air qu'il venait de répéter. Il n'était plus qu'à trois pas de la porte, lorsqu'il aperçut le

colosse monstrueux qui agitait ses bras et qui marchait à lui
pour le repousser. Frappé d'un effroi mortel à cet aspect, il
tombe tout-à-coup par terre sans connaissance. Auguste, qui
n'avait pas prévu les suites de son détestable badinage, dé-
pouille aussitôt son épouvantail, et se jette à corps perdu sur
son frère, en lui prodiguant les plus tendres caresses et tous
les secours qu'il crut propres à le ramener. Mais, hélas! le
petit malheureux était déjà comme mort. Ses parents accou-
rent et parviennent enfin à le rappeler au sentiment de la vie.
Il ouvre les yeux et les regarde d'un air stupide. On l'appelle
des noms les plus chers; il ne peut les entendre. Sa langue
s'agite en vain dans sa bouche ; elle ne rend plus que des sons
inarticulés : le voilà sourd, muet et insensé, sans doute pour
la vie. Il s'est écoulé plus de six mois depuis cette déplorable
aventure, et tout l'art des médecins n'a rien pu opérer. Pei-
gnez-vous, si vous le pouvez, mes amis, la désolation de ses
parents. Il serait peut-être à désirer pour eux qu'il eût cessé
de vivre, ils n'auraient pas tous les jours sous les yeux un
sujet de pleurs et de désespoir. Mais leur affliction n'est rien
en comparaison de celle d'Auguste. Depuis ce temps, il res-
semble plus à un squelette qu'à une créature vivante. Il ne
peut ni manger ni dormir. Ses larmes l'épuisent, et ses remords le dévorent. Cent fois dans la journée, il marche ou
s'arrête d'un pas égaré; il tord ses mains, s'arrache les che-
veux, et maudit sa naissance. Il appelle, il embrasse son
frère, qui ne le reconnaît plus. Je les ai vus l'un et l'autre, et
je ne puis vous dire lequel des deux est le plus infortuné.

Barbou, frères Editeurs   Imp. Lemercier, Paris

Le petit homme d'importance.

LE
PETIT HOMME D'IMPORTANCE.

Albert d'Orteuil était un jeune enfant qui, avec tous les moyens de plaire et de se faire aimer, était parvenu, au contraire, à se faire complètement détester de tout le monde.

Quels étaient donc les défauts qui lui attiraient de si fâcheux sentiments?

Il n'en avait qu'un seul: c'était la désolante manie de vouloir l'emporter et dominer sur tout le monde, et d'exiger que chacun se courbât devant ses caprices ou sa volonté.

Sa sœur Julie était plus que personne la victime de son despotisme, et quand il ne s'exerçait pas sur elle, c'était sur les domestiques de la maison qu'il pesait : il fallait qu'ils se prêtassent à toutes ses volontés, même les plus extravagantes; et, quand on lui résistait, il trépignait ou se laissait aller à des excès de colère violents,

Cependant M. d'Orteuil n'était pas très-tolérant pour les exigences de son fils; il avait même plusieurs fois puni la fougue et l'emportement de son caractère; mais Albert se montrait incorrigible, et n'en voulait pas moins faire toujours passer sous sa domination ceux qui l'entouraient.

Julie était tout l'opposé de son frère : bonne, prévenante, douée d'un caractère d'une douceur angélique, elle se faisait adorer de tout le monde; aussi les gens de la maison cherchaient-ils tous les moyens de lui être agréables! ils avaient constamment son éloge à la bouche et auraient passé dans le feu pour elle.

M. d'Orteuil, fatigué d'entendre toujours des plaintes sur son fils, et de voir que les conseils, les remontrances ou les punitions n'aboutissaient à rien, prescrivit à tout le monde de la maison une règle de conduite vis-à-vis de notre jeune despote, qui sans doute serait plus efficace pour le corriger que les moyens doux et conciliants dont il avait fait usage jusqu'alors.

Un jour Albert et sa sœur, accompagnés de Thomas, vieux domestique qui les avait vu naître et homme de confiance de M. d'Orteuil, étaient allés se promener dans la campagne; ils aperçurent un petit paysan qui conduisait un âne; Albert eut envie de grimper dessus, et ils s'approchèrent de lui.

Le petit despote, qui croyait que tout lui était dû, s'adressa, comme à son ordinaire, d'un ton impérieux, au petit paysan.

ALBERT.

Dis donc, petit, descends un peu en bas de ton baudet, que je monte un instant.

LE PAYSAN.

Dame! comme vous demandez ça : il semblerait que vous êtes le maître.

ALBERT.

Tiens, voyez donc cet impertinent; ne faut-il pas mettre des gants pour lui parler?

LE PAYSAN.

Non! mais, comme je veux qu'on me parle poliment, et que je suis libre de faire ce que je veux, vous ne monterez pas.

ALBERT.

C'est ce que nous allons voir.

LE PAYSAN.

Oh! c'est tout vu.

ALBERT.

Attends un peu, méchant paysan; je saurai bien te faire descendre.

LE PAYSAN.

Eh bien! essayez.

ALBERT.

Je naurai pas de peine.

(*Il ramasse une baguette où sont des épines et se met à piquer le baudet, qui rue et l'atteint légèrement à la cuisse.*)

LE PAYSAN.

Bon ! c'est bien fait.

JULIE.

Voyons, mon frère, sois donc raisonnable; tu n'as pas le
droit de déranger monsieur de sa route ni de te servir de son
âne s'il n'en a pas l'intention.

ALBERT.

Tais-toi : je veux monter sur son âne, moi; j'y monterai.

LE PAYSAN.

Et vous n'y monterez pas, *Nicolas !*

(*Il descend de son âne et le conduit auprès de Julie.*)

Quant à vous, ma petite demoiselle, qui parlez avec tant
de raison et de politesse, si vous voulez monter à ma place,
je me ferai un plaisir de vous conduire.

JULIE.

Mais... je vous remercie beaucoup.

THOMAS.

Si, montez, mademoiselle Julie, vous méritez bien de
prendre ce plaisir, quand ça ne serait que pour prouver à monsieur votre frère qu'on gagne davantage à demander avec
grâce et politesse qu'avec son ton d'orgueil et d'arrogance.

ALBERT.

Tu n'es qu'un vieux sot, toi; cela ne te regarde pas.

THOMAS.

Oh ! je suis accoutumé à vos compliments; mais rira bien
qui rira le dernier.

ALBERT.

Tu n'es qu'un domestique, tu n'as pas le droit de me faire de morale.

THOMAS.

La morale est bonne dans la bouche de tout le monde, monsieur Albert : il n'y a que les mauvais cœurs ou les sots qui la dédaignent.

LE PAYSAN.

Voyons, ma petite demoiselle, priez monsieur de vous placer sur mon âne; il est très-doux. Je vais prendre d'ailleurs son licou et vous conduire.

JULIE.

Puisque vous le voulez bien, j'accepte. Veux-tu me placer, Thomas?

THOMAS.

Oui, ma chère enfant, et volontiers.

(*Il la prend dans ses bras et l'assied sur le bât de l'âne, que le petit paysan se met en devoir de conduire.*)

ALBERT *se moquant.*

Ah! ah! ah! madame la princesse *Peau-d'Ane* avec son grand-écuyer! quelle tournure elle a!

LE PAYSAN.

C'est bon! vous enragez, vous.

ALBERT.

Je crois bien, il y a de quoi.

LE PAYSAN.

Vous n'y monterez pas, toujours.

ALBERT.

Ah ! tu me défies ; eh bien ! nous allons voir. Descends de
là, toi, Julie, que je grimpe à mon tour.

JULIE.

Je le veux bien, et je prie monsieur de permettre que tu
montes à ma place.

(*Elle saute en bas de l'âne.*)

LE PAYSAN.

Je suis fâché de vous refuser, mais il n'y montera pas ; il
est trop malhonnête.

ALBERT *essayant de s'élancer.*

J'y monterai.

LE PAYSAN *le repoussant.*

Je vous le défends.

(*Albert veut s'élancer de nouveau, le petit paysan l'arrête
toujours. Emporté par la colère, Albert lui lance un soufflet ;
mais le paysan, furieux de se voir traiter ainsi, le saisit au
collet, le renverse et lui met un genoux sur la poitrine.*)

ALBERT.

Thomas ! Thomas ! à mon secours, défends-moi.

THOMAS.

Vous avez dit tout à l'heure que j'étais un vieux sot, et
que cela ne me regardait pas ; ainsi arrangez-vous.

JULIE.

Je vous en supplie, Monsieur, ne lui faites pas de mal.

LE PAYSAN.

Vous voyez bien qu'il ne tient qu'à moi de vous corriger d'importance; vous êtes bienheureux d'avoir pour sœur une si brave petite demoiselle; sans cela je me donnerais le plaisir de vous apprendre à vivre. Allons, levez-vous et tâchez de devenir un peu plus raisonnable.

Le petit paysan, en prononçant ces mots, lâcha Albert, qui se releva fort honteux et fort mortifié. Julie remercia le conducteur de l'âne, et voulut lui donner quelque monnaie pour le récompenser de la course qu'il lui avait fait faire; mais ce jeune homme refusa, et lui dit qu'il était assez récompensé par le plaisir de lui avoir été agréable.

En disant cela, il remonta sur son baudet et s'éloigna en trottant.

Thomas voulut faire quelques observations amicales à Albert; mais ce jeune orgueilleux, loin de se repentir et de profiter de la leçon qu'on venait de lui donner, accueillit fort mal ses représentations.

Il ajouta même qu'il se plaindrait à son père de ce que Thomas n'était pas venu le secourir quand le paysan l'avait renversé.

— Vous pouvez porter plainte, mon cher monsieur; je vous y engage fortement si vous croyez qu'elle soit bien accueillie; mais, comme je pense que monsieur votre père ne me paie pas des gages pour être le champion de vos sottises, et qu'il sait, comme moi, que c'est votre sot orgueil et votre caractère tyrannique qui vous attirent des désagréments, je crois que vous ferez tout aussi bien de vous taire.

» Au surplus, si vous tenez à ce qu'il en soit instruit, ce sera moi qui lui raconterai tout ce qui s'est passé. J'aurais pu vous

secourir sans doute si je l'avais voulu et si vous aviez couru
d'autre danger que de recevoir une correction que vous mé-
ritiez; mais vous saurez que, si je ne l'ai pas fait c'est pour
me conformer aux ordres de M. d'Orteuil lui-même : d'après
cela, vous êtes parfaitement libre d'aller le trouver et de lui
faire votre dénonciation contre moi.

Albert resta un peu déconcerté; mais comme son orgueil
le dominait et l'empêchait, à ses yeux, d'avoir tort, il se dé-
dommagea du dépit qu'il éprouvait en traitant encore inju-
rieusement le vieux serviteur, qui prit le parti de ne plus répondre, et se mit à causer amicalement avec Julie, qu'il
tenait par la main.

Ils continuèrent ainsi leur promenade. Comme il faisait
assez chaud et qu'ils sentaient le besoin de se rafraîchir, Albert voulut aller à une ferme qu'on apercevait à quelque
distance. Mais il y avait un gué à traverser pour s'y rendre,
et Thomas en fit l'observation.

— Eh bien ! tu nous porteras sur ton dos, lui répliqua
avec impertinence Albert, tu peux bien nous servir d'âne à
ton tour, puisque l'on te paie.

On était arrivé au bord du gué; Thomas releva son pan-
talon, ôta ses souliers et ses bas, et, prenant Julie dans ses
bras, il la porta de l'autre côté du ruisseau. Quant à Albert,
il attendait que le vieux domestique revînt le prendre, mais,
voyant qu'il continuait son chemin avec sa sœur, il se mit à
se récrier, et Thomas, en souriant, lui répliqua :

— Comme il n'est pas d'usage qu'un âne en porte un autre,
vous pouvez passer tout seul, monsieur Albert.

Celui-ci cria, tempêta; mais il eut beau faire, le vieux
serviteur ne l'écouta pas et continua sa route avec Julie,
dont le bon petit cœur employait vis-à-vis de lui des suppli-
cations qu'il n'écoutait pas.

Quand Albert fut las de crier, et qu'il vit que sa sœur et

Thomas étaient déjà arrivés près de la ferme, il prit son parti et traversa le gué, qui n'était pas très-profond. Il se mit ensuite à courir, et il se trouva presque en même temps qu'eux à la porte de la ferme.

On leur servit une jatte de lait abondante, et Albert, tout au plaisir de se bien régaler, oublia un peu ses mésaventures.

Lorsqu'ils rentrèrent à la maison, M. d'Orteuil vint au-devant d'eux. Après avoir embrassé ses enfants, il demanda à Thomas si Albert s'était bien comporté. Le vieux domestique le pria d'adresser cette question à Albert lui-même, et celui-ci, loin de tenir sa menace resta un peu embarrassé et ne répondit rien. Le bon Thomas, qui ne gardait jamais rancune, ne l'accusa pas, et M. d'Orteuil ne poussa pas son enquête plus loin, quoiqu'il eût la présomption que son fils avait eu de nouveaux torts.

Mais ce bon père avait pour système d'attendre que la réforme de son caractère s'opérât par les circonstances, et il pensait que les leçons que recevrait son fils par suite de son despotisme seraient plus efficaces que toutes les remontrances qu'il pourrait lui faire.

Une chose pourtant l'affligeait péniblement : c'était la tyrannie qu'il exerçait sur sa sœur. Celle-ci était continuellement en butte aux volontés despotique de ce petit persécuteur. Elle ne pouvait s'amuser comme elle voulait, et si elle recevait quelque don, toujours M. Albert venait s'en emparer.

M. d'Orteuil signifiait pourtant sévèrement qu'il entendait que chacun jouît de ce qui lui appartenait, et il défendait à Julie de céder aux menaces de son frère, comme à celui-ci de lui rien prendre de ce qui serait à elle.

Mais Albert, emporté par son esprit de domination, n'obéissait pas aux ordres de son père; il profitait de ce que de nombreuses occupations l'empêchaient de le surveiller, pour tyranniser la bonne et douce Julie; et lorsque, fatiguée de ses exigences, elle refusait d'y obéir, il devenait coupable jusqu'à la maltraiter.

Si Julie, dans ces occasions, avait été se plaindre à M. d'Orteuil, nul doute qu'Albert aurait été sévèrement puni; mais, bonne et sensible autant que son frère était taquin et despote, elle aurait été affligée, malgré ses torts, de lui attirer le châtiment sévère que méritait une conduite aussi répréhensible.

Un jour elle reçut de sa marraine, qu'elle avait été visiter, une paire de raquettes avec plusieurs volants de rechange; elle accourut toute joyeuse montrer ce cadeau à son frère; car elle n'avait aucune rancune, et son bon petit cœur la rendait oublieuse des mauvais procédés.

Albert, à son ordinaire, se montra jaloux, et accueillit avec humeur l'empressement de Julie.

ALBERT.

Tu es bien heureuse, toi, on te donne toujours quelque chose.

JULIE.

Mais, quand on te donne quelque chose, je n'en suis pas jalouse, moi.

ALBERT.

Comme je ne reçois pas souvent, tu n'as pas cette peine.

JULIE.

Tu n'es pas juste : m'as-tu vue mécontente quand, l'autre jour, M. d'Artigues, l'ami de papa, t'a donné ce beau sapajou empaillé qui est dans ta chambre? et, quand mon oncle t'a envoyé tes poissons rouges, ai-je été envieuse comme toi?

ALBERT.

Voilà de fiers cadeaux ! Je n'avais pas demandé cela ; mais il y a long-temps que je voulais avoir des raquettes, et on ne me les donne pas à moi.

JULIE.

Est-ce qu'elles ne seront pas à nous deux ? est-ce que ce ne sera pas toi qui joueras avec moi ?

ALBERT.

Oui, et quand tu ne voudras pas me laisser jouer, je m'en passerai.

JULIE.

Oh ! Albert, tu sais bien que je ne m'opposerai jamais à cela, et tu me juges d'après ton caractère ; car si les raquettes t'appartenaient, tu ne m'en laisserais disposer que lorsque cela t'amuserait.

ALBERT.

Je te l'ai dit, il y a long-temps que je désire des raquettes ; si tu veux, je te donnerai en échange mon sapajou.

JULIE.

Non : c'est un cadeau de ma marraine, et j'y tiens ; d'ailleurs elle serait mécontente si elle savait que je m'en sois défaite.

ALBERT.

Ah ! ce sont de mauvaises raisons.

JULIE.

Elles sont toutes naturelles, au contraire. Et que dirais-tu si je voulais te priver de ce qui t'appartient ? Mais je ne vois

pas ce qui te tourmente dans cette occasion, puisque tu pourras jouer avec les raquettes comme moi, et qu'on ne s'amuse
même à ce jeu que lorsqu'on est deux.

ALBERT.

Je les veux à moi, à moi tout seul.

JULIE.

Eh bien! tu ne les auras pas; car c'est ennuyeux à la fin.

ALBERT.

Ah! tu le prends sur ce ton!... Vois comme je ne les aurai pas!

(*Il lui arrache des mains les deux raquettes.*)

JULIE.

Vilain méchant! si tu ne me les rends pas, je vais me
plaindre à mon père.

(*Elle veut les lui reprendre.*)

ALBERT.

Oh! ouiche!... tu ne les auras pas.

JULIE.

Papa va te les faire rendre, je vais le trouver.

(*Elle va pour sortir.*)

ALBERT.

Va! tu n'en jouiras pas, ni moi non plus... Tiens, voilà
comme je les arrange.

(*Il brise les deux raquettes sur son genou.*)

JULIE en pleurant.

Oh! méchant! méchant que tu es! je suis bien malheureuse d'avoir un frère aussi mauvais que toi.

Dans ce moment M. d'Orteuil entra ; il s'informa de ce qui s'était passé : la bonne Julie hésitait encore à le lui dire ; mais les morceaux des raquettes épars sur le plancher furent des témoins qui déposèrent contre le nouvel acte de méchanceté d'Albert.

M. d'Orteuil fut vivement affecté de cette affreuse conduite de son fils ; il entra dans une violente colère quand Julie, pressée par son ordre, lui eut raconté les détails de ce qui s'était passé entre elle et son frère ; et ce bon père, après avoir fait à son fils les reproches que méritaient sa mauvaise action, médita de l'en punir par un moyen qui aurait sans doute quelque influence sur ce caractère intraitable.

Il commença d'abord par dédommager Julie de la perte de ses raquettes, et y ajouta de nouveaux cadeaux, avec défense expresse et sévère à Albert de ne jamais y toucher ; puis il laissa passer quelque temps et acheta pour celui-ci divers objets qu'il remit à des parents ou à des amis pour qu'ils les lui donnassent en leur nom et comme s'ils lui faisaient présent.

La plupart de ces objets, au don desquels M. d'Orteuil paraissait tout-à-fait étranger, étaient choisis toujours parmi les choses qu'Albert avaient le plus désirées : aussi sa joie était-elle extrême. Mais combien son enchantement fut de courte durée !

Le premier cadeau qu'il reçut, ce fut une canne de bambou renfermant une ligne, et accompagnée d'une boîte contenant tous les accessoires nécessaires à la pêche.

Dans son impatience d'en faire usage, Albert avait monté sa ligne dans le salon, et s'apprêtait à aller chercher Thomas pour le conduire sur les bords de la rivière.

Comme il allait sortir, M. d'Orteuil entra, et se mit à examiner la ligne.

— Diable ! dit-il, te voilà bien équipé : cette ligne est ma-

gnifique. Mais, dis-moi, il y a long-temps que je désire m en
donner une; laisse-moi celle-là, je te donnerai quelque autre
chose à la place.

Albert, à ces mots, commença à faire une longue moue,
et son air maussade prouvait assez qu'il ne se souciait pas
d'être agréable à son père en lui abandonnant le cadeau qu'on
lui avait fait.

— Eh bien! qu'est-ce que tu en dis? continua M. d'Orteuil; il me semble que je t'ai donné assez de choses pour que
tu me laisses celle-ci de bon cœur.

ALBERT.

Je... je le voudrais bien, mais mon cousin Duverrier ne
sera pas content.

M. D'ORTEUIL.

Ah! pourquoi donc? Tu ne disais pas cela à ta sœur quand
tu voulais lui prendre ses raquettes.

ALBERT.

Ce n'était pas la même chose.

M. D'ORTEUIL.

Vraiment! et moi, je trouve que c'est si bien la même
chose que je m'empare de la ligne.

En disant ees mots, M. d'Orteuil la prend ainsi que la
boîte où étaient les ustensiles de pêche, et sort.

Albert se met à pleurer amèrement; il accusa son père
d'injustice et de barbarie. Mais, en revenant sur sa conscience,
il commence à sentir ses torts envers sa sœur, et trouve qu'il
n'a rien à reprocher à M. d'Orteuil.

Un autre jour son oncle, étant venu dîner à la maison,
lui apporta un joli moulin à vent que l'air faisait marcher
tout seul en mettant en jeu un tic-tac.

Albert, tout joyeux, alla placer son moulin sur une perche au milieu de la cour, et se mit à bondir de joie en le voyant tourner avec rapidité.

Le lendemain matin il s'était levé de bonne heure pour aller jouir de son nouveau joujou ; sa sœur vint le joindre et prit aussi plaisir, comme lui, à voir l'activité du moulin qu'un bon vent faisait tourner avec rapidité.

Il y avait dans la cour une grande volière en forme de dôme, Julie pensa que le moulin serait parfaitement placé sur le haut de la volière en forme de girouette. Dans cette pensée elle descendit le moulin de la perche ; mais notre despote, furieux de ce qu'elle osait y toucher sans sa permission, lui donna une tape sur la main, qui la fit pleurer.

M. d'Orteuil avait vu cette scène de la croisée ; il descendit auprès de ses enfants. Albert tenait le moulin et s'apprêtait à grimper sur le toit de la volière ; mais son père le lui prit des mains.

— Puisque tu veux jouir de ton moulin tout seul, il ne servira ni à l'un ni à l'autre, et j'en fais comme tu as fait des raquettes de ta sœur.

En disant cela, il mit le pied sur le moulin et l'écrasa.

M. d'Orteuil prit Julie par la main, et lui dit que, comme il était content d'elle, il allait l'emmener avec lui chez sa marraine pour y passer quelques jours à la campagne.

Albert resta consterné ; il commença à maudire son mauvais caractère, et conçut résolument la ferme intention de se corriger.

Il commença d'abord par aller trouver le vieux Thomas, avec lequel il était resté seul à la maison, et lui demanda sincèrement pardon de toutes les sottises qu'il lui avait faites.

Ce fidèle serviteur fut très-touché de cette conversion, et engagea Albert à persister. Celui-ci s'attacha de plus en plus

à réformer son caractère despotique, et, après une absence
de deux mois, M. d'Orteuil eut la satisfaction, à son retour,
d'admirer le changement qui s'était opéré dans son fils et de
l'en féliciter.

En effet, dans ce moment, Albert se montra aussi bon et
aussi docile qu'il avait été tyrannique et méchant, et, lorsqu'il voyait un enfant se livrer aux défauts qu'il avait su vaincre il lui disait :

Faites comme moi : corrigez-vous, vivez en bonne intelli-
gence avec tout le monde, et vous vous en trouverez bien.

Barbou frères, Editeurs.

Imp Lemercier Paris

Entêtement et mensonges.

JULES ET SOPHIE.

M. Berton, riche armateur de Bordeaux, possédait, aux environs de cette ville, une belle maison de campagne, où il allait passer, avec sa famille, tout le temps de la belle saison. Resté veuf depuis quelques années, il avait appelé auprès de lui une de ses tantes, afin de veiller à l'éducation et aux soins qu'exigeaient ses deux enfants, encore en bas âge.

Jules et Sophie avaient en eux les qualités nécessaires pour se faire aimer, leur caractère était doux et pacifique;

mais l'indulgente faiblesse de leur grand'tante, qui les aimait avec passion et qui ne savait résister à aucune de leurs fantaisies, aurait fini par dénaturer leur bon naturel si M. Berton ne s'était arraché quelquefois à ses nombreuses occupations pour arrêter sur eux la sollicitude paternelle, et corriger leurs mauvais penchants.

Le défaut qui semblait le plus dominant chez eux, c'était un excessif entêtement, qui souvent avait pour conséquence un sentiment plus bas et plus répréhensible, le mensonge, défaut vil et dégradant, qui force au mépris. Jules, principalement, mettait le plus d'audace à le soutenir, et montrait une ténacité des plus opiniâtres à déguiser ou à combattre la vérité.

Sophie, elle, était moins persévérante que son frère, et, si on la pressait un peu, elle finissait par pleurer et confesser ses torts.

C'était une bien grande folie à eux ; car les parents qui aiment leurs enfants sont naturellement disposés à l'indulgence ; un aveu franc et sincère désarme leur ressentiment, et une faute confessée volontairement est bien vite pardonnée et oubliée. Il arrive même que les parents, touchés de cette franchise, redoublent de tendresse devant le repentir du coupable.

M. Berton avait dans son cabinet un joli fouet de chasse d'un travail étranger fort remarquable : c'était un cadeau que lui avait fait un de ses amis, et il y tenait beaucoup. Jules avait convoité depuis long-temps ce joli petit meuble, dont il voulait faire un joujou, et avait prié son père de le lui donner. M. Berton n'y consentit pas : il lui fit comprendre le motif de son refus, et pour consoler Jules de la nécessité qui l'empêchait de satisfaire à son désir, il lui fit cadeau d'un autre joujou de nature à l'amuser plus que le fouet. Mais Jules, qui, dans toute autre circonstance, eût été au comble de la joie, reçut à contre-cœur le présent de son père; il s'efforçait de paraître content, mais le dépit perçait sur son visage, et il prit un air boudeur.

M. Berton n'avait aucune préférence pour ses enfants : il avait aussi donné un joujou à Sophie. Celle-ci, contrairement à son frère, était au comble de la joie : ce cadeau lui venait sans qu'elle eût eu la peine de le désirer, et cette circonstance ajoutait plus de prix à ses yeux.

Leur père n'eut pas de peine à comprendre ce qui se passait dans le cœur de ses enfants; il sortit affligé de l'ingratitude de Jules, se promettant de l'en faire repentir à la première occasion; mais il voulut attendre pour voir s'il ne reviendrait pas à des sentiments plus justes.

Après le départ de M. Berton, Sophie, qui avait peine à contenir son plaisir, l'exprima par un sentiment de reconnaissance.

SOPHIE.

Voici donc ma belle poupée, Jules; comme elle est grande et bien parée ! N'est-ce pas que mon père est bien bon, et que nous devons l'aimer, d'être aussi attentif à nous procurer ce qui peut nous faire plaisir ?

JULES.

Hein ! j'aurais mieux aimé le petit jouet de son cabinet que cela.

SOPHIE.

Comment ! ce joli fusil ! tu en as désiré un si long-temps, c'est bien plus agréable que ton fouet, qui ne t'aurait servi qu'à chasser les chiens et les poules; au moins tu pourras faire l'exercice comme un soldat, tandis que tu étais réduit à te servir d'un bâton.

JULES.

Cela m'était égal : je n'aurais pas demandé de fusil si j'avais eu ce joli fouet avec lequel j'aurais pu claquer.

SOPHIE.

Fi donc ! tu aurais eu l'air d'un charretier : un fusil, c'est plus noble.

JULES.

Mon père ne s'en sert jamais : cela lui aurait coûté si peu de me le donner.

SOPHIE.

Oh ! Jules, que tu es injuste : tu sais bien les raisons qui ont empêché mon père de satisfaire à ton désir : dans deux jours tu aurais brisé ce fouet, auquel il tient tant, et tu serais encore, au bout de ce temps, à souhaiter un fusil. Tiens ! puisque tu veux absolument un fouet, je vais te donner un bon avis : qui t'empêche d'ajuster une corde au bout d'un bâton ? et tu claqueras aussi bien qu'avec le fouet de mon père.

JULES.

Oh ! joliment.

SOPHIE.

Si tu ne peux pas le faire toi-même, prie Robert, notre cocher, de t'en fabriquer un, tu sais comme il est adroit : je suis sûre que tu serais fort content.

JULES.

J'aurais voulu celui de papa : je n'en veux pas d'autre.

Sophie chercha vainement à vaincre l'obstination de son frère; mais il était trop entêté pour céder : ce malheureux défaut dominait sa raison et altérait, comme on l'a dit, la bonté naturelle de son cœur.

Quelques affaires appelèrent M. Berton à Bordeaux; mais, comme il devait être de retour au bout de quelques jours, il laissa ses enfants et sa sœur à la campagne. C'était un temps de vacances pour Jules et Sophie, ou plutôt une complète liberté que leur laissait la faible indulgence de leur grand'-tante; car, en l'absence de leur père, ils s'arrangèrent de manière à consacrer plus de temps à leurs plaisirs qu'à leurs études.

Jules, toujours entier dans son entêtement, avait pris en grippe le joli fusil que lui avait donné son père : loin de s'en servir raisonnablement, il fit tant que, malgré sa solidité, le jouet fut brisé au bout de quelques jours, et, lorsqu'il fut en morceaux, pour ajouter à son ingratitude, il les jeta dans une pièce d'eau du jardin.

Un matin, en se levant, Sophie alla rejoindre son frère, qui était dans un champ voisin de la maison. Elle fut saisie de lui voir à la main le fouet qu'il avait été chercher dans le cabinet de son père, avec lequel il poursuivait à grands coups un troupeau de cochons que gardait un petit-paysan de la ferme voisine.

Sophie tenta quelques représentations, mais elles échouèrent devant l'obstination de son frère : il continua sa course, et le plaisir qu'il paraissait prendre à cet exercice finit par séduire Sophie elle-même : elle ramassa une baguette, et se mit, de concert avec son frère, à la poursuite des cochons.

Le petit pâtre, en voyant ainsi éparpillés de tous les côtés les cochons commis à sa garde, commença à crier après nos jeunes étourdis. Ils étaient trop animés pour tenir compte de ses réclamations; mais le hasard voulut que le propriétaire

de la ferme auquel appartenaient les cochons, étant occupé
à travailler dans un champ voisin, fût à même de voir ce
qui se passait; il courut tout aussitôt, se mit en embuscade
auprès d'un petit bois vers lequel Jules devait passer, et il
l'arrêta à l'improviste en lui tirant les oreilles.

Le fermier ne se contenta pas de cette correction, il s'em-
para du fouet, et s'en servit pour faire rentrer ses cochons
dans sa cour.

C'est en vain que Jules l'avait suivi en pleurant et l'avait
supplié de lui rendre son fouet, il ne tint aucun compte de
ses plaintes, et lui ferma la porte au nez.

Ainsi Jules recueillait les fruits de sa désobéissance : il
rejoignit sa sœur, et tous deux revinrent fort tristes à la
maison. M. Berton arrivait en ce moment de Bordeaux : il
lut sans peine sur le visage de ses enfants qu'ils avaient fait
quelque sottise. Son cœur, porté à l'indulgence, était dis-
posé d'avance à pardonner; mais il voulait attendre pour
cela qu'un aveu franc et sincère conduisît vers lui les coupables; il les embrassa donc comme si rien n'était.

La disparition du fouet fut bientôt constatée. M. Berton
conçut une vive affliction de voir que sa volonté avait été
ainsi méprisée; il dissimula son ressentiment. Deux jours
se passèrent sans que Jules vînt lui demander pardon, et
lui confesser sa faute; il semblait même que pour lui c'était
une chose tout-à-fait oubliée.

M. Berton avait amené avec lui un nouveau domestique;
c'était un vieux marin appelé Tony, qui avait beaucoup
voyagé. Son teint hâlé et sa figure dure causèrent au premier aspect quelque frayeur aux enfants; mais ils furent
bientôt familiarisés avec la brusquerie de ses manières : le
fond de bonté de son caractère, joint à son adresse pour
mille petites choses qui leur étaient agréables, leur en fit
un ami.

Un matin, M. Berton était sur la terrasse occupé à causer avec Tony, ses deux enfants, qui venaient de se lever, accoururent vers lui pour l'embrasser.

— Jules, dit M. Berton, je veux voir si tu as fait des progrès dans les armes; va donc chercher ton fusil, et Tony te donnera une leçon d'exercice. (*Jules baissa la tête sans répondre.*)

M. BERTON.

Est-ce que tu ne m'as pas entendu, Jules ?

JULES.

Si, papa; mais...

M. BERTON.

Eh bien ? mais...

JULES.

C'est que...

M. BERTON.

Mais... c'est que... Je ne comprends rien à ce langage décousu. Est-ce que tu n'as plus ton fusil ?

JULES.

Si, papa.

M. BERTON.

Eh bien ! alors, pourquoi ne vas-tu pas le chercher ?....

JULES.

C'est que...

M. BERTON. -

Encore c'est que.... Tu sais bien que j'aime qu'on me ré-
ponde franchement. Voyons, as-tu ton fusil?

JULES.

Oui, papa; mais l'autre jour, en courant, je l'ai laissé
tomber dans la pièce d'eau.

M. BERTON.

Alors tu ne l'as plus. Il fallait dire cela de suite : tu ne l'as
pas jeté exprès, c'est un accident. Pourquoi me dissimuler
cela, comme si tu étais coupable? Au surplus, la pièce
d'eau n'est pas profonde; nous allons aller de ce côté, et
Tony te pêchera ton fusil. J'ai envie que nous allions ensuite
nous promener dans la campagne : va détacher Soliman, et
tu m'apporteras mon fouet de chasse.

Sophie sauta de joie en entendant son père proposer une
partie de campagne; quant à Jules, il s'éloigna lentement,
la tête basse, vers la maison; car il réfléchissait tristement,
et savait bien qu'il ne pouvait accomplir que la moitié de
l'ordre de son père.

Il revint enfin avec Soliman, qui jappait joyeusement à
ses côtés et dont les ébats contrastaient avec l'air confus et
honteux du pauvre Jules. Lorsqu'il arriva, Tony venait
de retirer les débris du fusil et les avait déposés sur
l'herbe : cette vue redoubla la honte et l'embarras de Jules.

— Tu as du malheur, mon cher enfant, lui dit son père :
il paraît que les poissons n'ont pas épargné ton joujou; vois
dans quel état ils l'ont laissé; enfin c'est un accident dont il
faut te consoler; tu seras privé de jouer... Mais pourquoi ne
m'apportes-tu pas mon fouet?

(*Jules baissa la tête sans répondre.*)

— Tu es donc devenu muet ?... Eh bien ! réponds-moi.

JULES, *d'une voix altérée.*

Papa... je ne l'ai pas trouvé.

M. BERTON.

Comment ! tu ne l'as pas trouvé ? mais il est toujours accroché au-dessus de mon bureau, tu le sais bien. Retourne le chercher, nous allons t'attendre...

(*Jules reste en place; des larmes lui viennent aux yeux*).

— Tu ne réponds pas et tu pleures ! qu'est-ce que cela signifie ?... Toi, Sophie, sais-tu ce qui afflige ton frère ?

(*Sophie se prend à pleurer aussi, et ne répond pas*).

— Mes enfants, je crois que vous avez des torts, il faut me les confesser. Je veux savoir ce qu'est devenu mon fouet. Voyons, Jules, parle.

JULES *en sanglotant.*

Je ne sais pas...

M. BERTON.

Oh ! ceci devient grave, et voilà un entêtement impardonnable. Mon ami, réfléchissez. Vous gagnerez davantage à m'avouer sincèrement ce qui s'est passé en mon absence. Si je dois punir, je punirai doublement si on cherche plus long-temps à me tromper par un mensonge, que je découvrirai toujours.

TONY.

Allons, mes petits amis, il ne faut pas être entêtés ni

menteurs : si vous saviez ce qui m'en a coûté pour avoir eu ces maudits défauts, vous n'hésiteriez pas. Allons ! un peu de courage : votre père est bon, il vous pardonnera.

(*Jules et Sophie sanglotant toujours*).

M. BERTON *après un instant de silence.*

Eh bien ! j'attends...

(*Les deux enfants se jettent aux pieds de leur père.*)

JULES *pleurant à chaudes larmes.*

Papa, punis-moi... Je t'ai désobéi seul ; ma sœur n'est pas coupable. Si j'avais suivi ses conseils, je ne t'aurais pas offensé.

M. BERTON.

Bien, mon ami ; c'est réparer doublement ta faute que de l'avouer et de justifier ta sœur, si elle est innocente. Maintenant raconte-nous ce qui s'est passé, et que je sache enfin ce qu'est devenu mon fouet : j'espère que tu ne l'as pas mis dans le même état que ton fusil.

Jules donna à son père tous les détails de sa conduite ; il lui apprit comment il avait brisé par dépit son fusil, et l'avait jeté dans la pièce d'eau ; comment il s'était introduit dans le cabinet de son père pour s'emparer du fouet, avec lequel il avait poursuivi les cochons, et comment M. Michel le fermier avait couru après lui et avait confisqué le fouet.

Quand il eut terminé, il pria son père de lui pardonner. M. Berton les embrassa tous deux ; puis leur adressant quelques représentations :

— Vous voyez, mes enfants, ce qui arrive d'être désobéissant, et c'est à tort qu'on pense couvrir ses fautes avec un mensonge. Dieu permet qu'elles se découvrent par un

enchaînement de circonstancés que les coupables ne sauraient jamais prévoir ; ainsi, Jules, vois comme une faute
t'a entraîné dans une autre.

» Tu as d'abord regardé comme une injustice le refus que j'ai
fait de te donner mon fouet ; loin de respecter mes raisons,
tu as reçu de mauvaise grâce le jouet que je t'ai donné à la
place, et tu as fini par le mettre en pièces. Certes, j'aurais
pu me dispenser de té faire cadeau d'un fusil pour motiver
mon refus ; rien ne m'y obligeait ; tu a donc été premièrement
ingrat envers moi.

» Dominé toujours par ton entêtement, tu as cru pouvoir
profiter de mon absence pour faire usage de ce que je t'avais
interdit. Tu t'étais dit : Quand j'aurai bien joué, je remettrai le fouet à sa place, et papa ne se doutera pas que
je m'en suis servi ; tu as vu comment tu as été désap-
pointé par les circonstances, et que ton entêtement et tes
mensonges ne t'ont pas sauvé de mes reproches, et n'ont
été qu'un sujet de honte de plus pour toi.

» Croyez bien, mes enfants, que, lorsque je vous refuse ou
vous défends quelque chose, c'est que j'ai des raisons sages
pour le faire, et fiez-vous à mon amour pour vous, afin de
vous bien pénétrer que je ne prends pas plaisir à vous con-
trarier ou à contraindre vos désirs.

L'ABUS DE CONFIANCE.

SCÈNE PREMIÈRE.

(M. Dormeuil, Gustave, Edouard et Ernestine, ses trois enfants, sont réunis dans un salon; M. Dormeuil achève d'écrire. Une petite cassette est à côté de lui; il y renferme un papier. Ernestine est occupée à habiller une poupée, et Edouard et Gustave tiennent chacun un livre dont ils s'occupent avec distraction.)

M. DORMEUIL.

Ah ça! mes enfants, je suis obligé de sortir, et il n'y a personne à la maison pour vous garder; si je vous laisse seuls, me promettez-vous d'être raisonnables, et d'agir comme si j'étais présent?

TOUS *vivement.*

Oui, papa.

M. DORMEUIL.

Voilà un oui prononcé bien fortement. Mais j'ai intérêt à
savoir positivement si je puis compter sur votre promesse.
Voyons, vous prenez donc l'engagement d'agir en tout point
comme si j'étais là à vous observer.

GUSTAVE.

Oui, papa; sois tranquille, nous serons parfaitement
sages.

M. DORMEUIL.

Tu es l'aîné, et tu dois être, en effet, plus raisonnable
que les autres : c'est à toi que je remettrai mon autorité. Mais
il y a là, dans mon cabinet, une guittare à laquelle tu veux
toujours toucher et dont tu me démontes les cordes; puis-je
espérer que tu la laisseras tranquille ?

GUSTAVE.

Oui, papa, je te le promets.

M. DORMEUIL.

Toi, Edouard, tu laisseras aussi en repos mon grand
sabre, avec lequel tu t'es déjà coupé les doigts deux fois.

ÉDOUARD.

Cher papa, je te promets de ne pas y toucher.

M. DORMEUIL.

Et toi, Ernestine, tu ne toucheras pas à mon album, où
tu sais que tu m'as déjà fait de grandes taches d'encre.

ERNESTINE.

Sois tranquille, mon petit papa, je n'y toucherai pas.

M. DORMEUIL.

C'est bien : je me fie à votre parole, et je laisse chacun de ces objets à votre disposition ; je compte que, puisque je vous le défends, vous n'y ferez pas attention. Mais j'ai une re-commandation plus grave à vous faire : vous voyez cette petite cassette où je laisse la clef ; elle contient quelque chose que je ne veux pas que vous voyez ; c'est un secret fort im-portant : vous me promettez aussi de ne pas l'ouvrir ?

TOUS ENSEMBLE.

Oui, papa.

M. DORMEUIL.

Or donc, je pars tranquille, et je vous donne récréation pendant mon absence. Vous avez des joujoux de toute façon ; ainsi amusez-vous entre vous comme vous l'entendez, je vous laisse entièrement libres, et je vous promets de vous récom-penser si vous êtes bien raisonnables. Allons ! au revoir, mes enfants.

(M. Dormeuil les embrasse tous trois, et sort).

SCÈNE II.

Après le départ de M. Dormeuil, ils restent un instant en silence ; Gustave et Edouard jettent leurs livres dans un coin, et Ernestine abandonne sa poupée.

ÉDOUARD.

A quoi allons nous jouer ?

GUSTAVE.

Je ne sais pas.

ERNESTINE.

Voulez-vous que nous jouiions *à colin-maillard* ?

GUSTAVE.

Ah bien oui ! c'est joliment amusant ton colin-maillard, c'est bon quand on est huit ou dix.

ERNESTINE.

Eh bien ! jouons aux *quatre-coins*.

ÉDOUARD, *en riant*.

Ah ! ah ! ah ! aux quatre-coins ! et nous ne sommes que trois.

ERNESTINE.

Eh bien ! dites à quoi vous voulez jouer, vous ; car il faut bien nous amuser à quelque chose.

GUSTAVE.

Sans doute... Voyons, si nous jouiions *au soldat*.

ERNESTINE.

Bah ! c'est bon pour les garçons ; ça ne m'amuse pas du tout, moi, vos vilains soldats.

ÉDOUARD.

Et puis nous n'avons pas de sabre pour faire le général : tu sais que papa nous a défendu de toucher au sien.

ERNESTINE.

Mon Dieu ! que c'est ennuyeux de ne pas savoir à quoi jouer !... Oh ! une charmante idée ! jouons la comédie !

ÉDOUARD ET GUSTAVE.

Ah ! c'est cela. Oui, jouons la comédie !

ÉDOUARD *avec joie.*

Nous allons bien nous divertir... Voyons, quel sujet prenons-nous, et comment allons-nous nous habiller ?

GUSTAVE.

Voyons ! jouons *Richard-Cœur-de-Lion*, que nous avons été voir l'autre jour avec papa.

ERNESTINE.

Oh ! comment veux-tu faire ? ce serait trop difficile. Non, jouons plutôt quelque chose de notre idée.

ÉDOUARD.

Écoute, en voilà une qui me vient : tu seras une belle princesse renfermée dans une tour ; ce sera moi qui te retiendrai prisonnière. Mon frère, lui, sera un troubadour qui tâchera de te délivrer et de t'arracher de la tour, que nous ferons avec le paravent. J'attaquerai Gustave quand il cherchera à monter auprès de la princesse; nous nous battrons, il me tuera, et vous vous sauverez.

ERNESTINE *sautant de joie.*

Oh! c'est charmant! c'est charmant! Commençons tout de suite; je sais où je trouverai tout ce qu'il me faut pour m'habiller.

ÉDOUARD.

Dans le cabinet de papa et dans sa garde-robe qui est à côté, nous trouverons aussi tout ce qui nous sera nécessaire.

GUSTAVE.

Allons! c'est décidé... Tiens! je m'en vais arranger tout de suite le paravent en forme de tour.

(*Ils font chacun de leur côté leurs dispositions. Ernestine se fait une espèce de tunique avec un rideau blanc, et elle attache sur sa tête un grand mouchoir de mousseline en guise de voile. Edouard enfile dans ses jambes les bottes de son père, et se sert d'un grand gilet de soie pour se faire un costume de chevalier, se serre la taille d'un foulard en guise de ceinture, et d'une cravate il se fait une écharpe. Gustave se déguise de la même manière; il prend le bonnet de chambre de velours de son père pour s'en faire une toque, et il la décore élégamment d'une plume qu'il arrache à un vieux chapeau de sa mère*).

ÉDOUARD.

Voyons, commençons; mais il faut nous donner des noms.

Moi, je serai le *comte Rodolphe*. Toi, Gustave, qu'est-ce que tu seras?

GUSTAVE.

Moi, je serai le chevalier,.... Quel nom lui donnerons-nous? Le chevalier..... le *chevalier du Lion*..... C'est ça.

ÉDOUARD.

Et toi, Ernestine?

ERNESTINE.

Moi, je serai la *princesse Belle-Étoile*.

GUSTAVE.

C'est bien nommé. Allons, princesse Belle-Étoile, entre dans ta tour... Monte sur la table, afin qu'on te voie en haut des murs.

ÉDOUARD.

Je m'en vais me cacher, pendant que vous allez commencer.

GUSTAVE.

Pour faire le troubadour, j'y pense, il faut une guitare.

ERNESTINE.

Oh! tu sais que papa nous a défendu...

ÉDOUARD.

Il ne savait pas que nous en aurions besoin.

GUSTAVE.

Et puis nous la remettrons tout de suite... Voyons, faut-il la prendre?

ÉDOUARD.

Et moi, il me faut le sabre pour t'attaquer; je ne peux pas me dispenser d'être armé.

GUSTAVE.

Papa ne saura rien; prenons la guitare et le sabre pour un instant et commençons.

ERNESTINE.

Alors donnez-moi l'album : cela me servira de cahier de musique dans ma prison; car il faut que j'aie quelque chose pour me distraire.

(Ils exécutent leur scène; mais l'idée qu'ils ont désobéi à leur père les tracasse, et ils ne s'amusent pas comme ils voulaient.

Bientôt ce jeu cesse de leur convenir; ils remettent tout en place, et restent encore une fois ennuyés de ne savoir que faire).

ÉDOUARD.

Voyons, que ferons-nous à présent en attendant le retour de papa?

GUSTAVE.

Je veux un jeu qui nous donne de l'exercice.

ERNESTINE.

Voulez-vous jouer à la *cligne-musette*? nous aurons de quoi courir dans toute la maison.

GUSTAVE.

Oh! non, ce n'est pas assez gai.

ÉDOUARD.

Eh bien ! qu'est-ce donc que vous voulez faire ?

GUSTAVE.

Je ne suis pas en train.

ERNESTINE.

Ni moi.

ÉDOUARD.

(*Gustave se couche sur un canapé, Edouard se dandine sur sa chaise, et Ernestine se promène autour de la table, et s'arrête devant la petite cassette ; elle la prend et l'examine*).

ERNESTINE.

Voyez donc comme elle est jolie cette cassette que papa a laissée là... Quel joli bois ! c'est du citronnier ; et puis, voyez toutes ces charmantes découpures. Oh ! que je voudrais avoir une petite boîte comme cela pour me faire un nécessaire à ouvrage.

(*Gustave et Edouard s'approchent aussi de la table*).

GUSTAVE, *après avoir examiné la cassette.*

Mais qu'est-ce donc que papa peut avoir enfermé là-dedans.

ERNESTINE.

C'est un grand secret, nous a-t-il dit.

ÉDOUARD.

Un grand secret ! Je voudrais savoir ce que c'est que ce grand secret.

GUSTAVE.

Il ne tiendrait qu'à nous... mais il nous a défendu de chercher à ouvrir la cassette.

ERNESTINE.

Oh! oui, il ne faut pas... nous lui avons déjà désobéi.

GUSTAVE.

Et je crains qu'il ne s'en aperçoive : j'ai cassé une corde de sa guitare en faisant le troubadour.

ÉDOUARD.

Et moi, je n'ai pu faire rentrer entièrement dans le fourreau la lame de son grand sabre... Et toi, Ernestine, n'est-il pas arrivé quelque chose à son album ?

ERNESTINE *en soupirant.*

Mon Dieu! oui : pendant que le chevalier du Lion cherchait à m'enlever de la tour, une page s'est déchirée.

ÉDOUARD.

C'est bien contrariant : nous allons être grondés. Et cependant nous avions bien promis de ne pas toucher à ces objets.

GUSTAVE.

Que faire? Il n'y a pas de moyen de réparer tout cela.

(*Ils restent quelques instants à réfléchir tristement*).

ERNESTINE *tenant la cassette sur ses genoux.*

Vous n'avez donc pas idée de ce que peut être ce grand secret renfermé là-dedans.

GUSTAVE.

Oh! mon Dieu! non; pour moi, je ne m'en doute pas.

ÉDOUARD.

Papa n'aurait pas dû nous dire cela : nous n'aurions pas songé à cette boîte; tandis que maintenant je grille d'envie de savoir ce que c'est.

ERNESTINE.

Et moi aussi j'en meurs d'envie... Quand je pense que ce serait si facile : il n'y aurait qu'un tour de clef à donner, et nous saurions... Tenez, sans le vouloir, j'ai ouvert la boîte; il n'y a que le couvercle à lever. Faut-il.

ÉDOUARD.

Maintenant, il n'en sera pas davantage.

GUSTAVE.

Au fait, puisque nous devons être grondés, un peu plus ou un peu moins...

ERNESTINE.

Et puis, d'ailleurs, rien ne nous empêchera de refermer la boîte et de la remettre à sa place, comme si nous n'avions rien vu.

GUSTAVE.

Un instant! Si cette boîte allait être comme celle de Pandore, dont il est question dans la fable.

ÉDOUARD.

Ah bah! l'histoire de Pandore, c'est un conte qui n'a rien de vrai.

ERNESTINE.

Attendez, je vais entrouvrir seulement un petit peu le couvercle pour voir si j'apercevrai quelque chose.

(*Elle entrouvre la boîte et cherche à regarder*).

Ah! mon Dieu! il y a quelque chose qui me pousse la main.

(*Elle laisse tomber la boîte : un diable à ressort s'élève en poussant un double fond, et tient à la main un billet où sont inscrits ces mots en gros caractère*).

CEUX QUI DÉSOBÉISSENT POUR CHERCHER A ME VOIR SERONT PUNIS.

TOUS, *en reculant.*

O ciel! qu'est-ce que c'est que cela?

ERNESTINE *se cachant la tête avec son tablier.*

Quelle épouvantable figure!

(Après un moment de silence).

ÉDOUARD.

Voilà un beau secret!... c'était bien la peine de tant exciter notre curiosité.

GUSTAVE.

Voyons, papa va rentrer, il faut tâcher de faire rentrer ce vilain diable dans la boîte.

ERNESTINE.

D'abord, je n'y touche pas, moi : car je n'ose le regarder ; j'en ai peur.

ÉDOUARD.

Que tu es sotte! tu ne vois pas que c'est une poupée!

GUSTAVE.

Il me semble que j'entends du bruit; vite, dépêchons-nous.

(Edouard et Gustave abaissent la poupée et essaient de fermer la boîte).

ÉDOUARD.

Mais, mon Dieu! cette clef tourne toujours; je ne peux pas venir à bout de fermer la serrure.

GUSTAVE.

Tu es un maladroit! donne...

(Il essaie long-temps sans pouvoir venir à bout de fermer la boîte).

ERNESTINE.

Tu n'es pas plus habile qu'Edouard.

GUSTAVE.

Je vois que papa a voulu nous attraper.

ÉDOUARD.

Qu'allons nous lui dire maintenant?

ERNESTINE.

Nous lui avons désobéi sur tout ce qu'il nous avait défendu.

GUSTAVE.

Lui qui est si bon envers nous... c'est bien mal.

ÉDOUARD.

C'est toi qui as commencé.

GUSTAVE.

C'est moi ! ça n'est pas vrai.

ÉDOUARD.

Certainement ! tu as voulu prendre sa guitare pour faire le troubadour.

GUSTAVE.

Je te dis, moi, que c'est toi qui as voulu prendre le sabre.

ÉDOUARD.

Tu es un menteur... N'est-ce pas, Ernestine, que c'est lui qui a commencé à prendre la guitare !

ERNESTINE.

Oui.

GUSTAVE à *Ernestine*.

Je te conseille de parler, toi... si tu n'avais pas été curieuse, nous n'aurions pas cherché à savoir ce qu'il y avait dans la boîte.

ÉDOUARD.

C'est vrai, c'est là notre plus grand tort : papa nous aurait pardonné le reste quand nous lui aurions dit que nous avions eu besoin de la guitare et du sabre pour jouer la comédie.

ERNESTINE *en pleurant.*

C'est moi qui vais avoir tous les torts maintenant, et vous allez m'accuser devant papa, méchants !

(*Ils continuent à se disputer quelques instants, la porte du salon s'ouvre, et M. Dormeuil entre*).

SCÈNE III.

Les précédents, M. Dormeuil.

M. DORMEUIL.

Eh ! mais j'entends bien du tapage : est-ce qu'on se dispute ici ?

(*Les enfants se taisent et restent immobiles à la vue de leur père*).

Eh bien ! pourquoi ne venez-vous donc pas m'embrasser comme à votre ordinaire ! Est-ce qu'on n'a pas été sage pendant mon absence ?

(*Ils se mettent tous trois à pleurer*).

Voyons, Gustave, c'est à toi que j'avais confié ma surveillance; raconte-moi ce qui s'est passé, et que je sache le motif de vos larmes.

Tu ne réponds pas ! Puisque vous vous taisez, il faut que

je m'adresse à un autre. Je vous ai laissé trois, mais j'aperçois là un quatrième personnage que je n'avais pas vu en entrant ; il faut que je l'interroge, il sera peut-être moins discret que vous.

(Il prend la boîte où est le diable).

Voyons, monsieur le diable, causons un peu, puisque vous voilà. Vous m'apprenez d'abord par ce billet qu'on m'a désobéi en cherchant à vous voir, et votre avis est que cela mérite punition. Mais j'avais fait, en partant, d'autres recommandations, je serais curieux d'apprendre si on les a respectées : répondez-moi à l'oreille.

(Il approche la tête du diable de son oreille et à l'air d'attendre sa réponse).

Vous me dites que M. Gustave, voulant jouer un rôle de troubadour, s'est servi de ma guitare et en a cassé une corde ; vous ajoutez que M. Edouard, qui avait figuré le comte Rodolphe, a fait usage de mon grand sabre pour mieux représenter ce redoutable guerrier ; et vous m'apprenez enfin que la princesse Belle-Etoile, en voulant charmer avec mon album les ennuis de sa captivité, en a déchiré une page.

Tout cela est-il vrai, mes enfants, et faut-il que je vérifie si ce lutin a menti ?

GUSTAVE *en pleurant.*

Non, papa ; tout cela est vrai.

TOUS.

Nous te demandons pardon.

M. DORMEUIL.

Je veux bien croire à votre repentir, mais qui me garantira qu'il est sincère.

GUSTAVE.

Nous nous souviendrons de cette leçon, et le diable servira à nous la rappeler.

M. DORMEUIL.

Eh bien ! je vous pardonne ; mais voyez combien était grave l'abus de confiance que vous commettiez, si, au lieu d'éprouver votre discrétion, j'avais réellement voulu cacher à vos yeux un secret important.

J'ai voulu voir jusqu'où pouvait aller ma confiance en vous ; j'avais fait semblant de sortir, et je suis rentré doucement dans ce cabinet par l'autre porte. J'ai vu de là ce qui s'est passé.

Embrassez-moi, que tout soit oublié, et rappelez-vous que la discrétion est une des plus belles vertus que l'homme doivent mettre en pratique.

Quelques temps après, M. Dormeuil voulut faire subir une seconde épreuve à ses enfants, mais elle échoua complètement, et il vit avec satisfaction qu'ils savaient résister à une dangereuse curiosité.

LE MUTIN CORRIGÉ.

Un gentilhomme de Provence avait un fils unique en qui la nature semblait avoir réuni toutes les qualités qui peuvent rendre un enfant aimable; mais elle lui avait donné en même temps un caractère indocile et revêche, qui le rendait souvent insupportable aux personnes qui étaient chargées de le soigner et de l'élever. Incapable de céder à qui que ce fût, il voulait qu'on se soumît à tous ses caprices; et, lorsqu'on s'avisait de s'y opposer avec fermeté, il se livrait à de si grands excès de mutinerie, qu'ils allaient quelquefois jusqu'à une espèce de frénésie. C'est ce qui arriva surtout un jour que son père était sorti du logis. Il eut la fantaisie d'en sortir aussi, et demanda avec un ton impérieux qu'on lui ouvrît la porte. Mais, comme, après avoir tâché inutilement de lui faire entendre raison, sa gouvernante lui signifia expressément qu'il n'obtiendrait jamais ce qu'il désirait, il commença par pleurer, puis il se mit à pousser des cris qui ressemblaient à des hurlements; enfin, ne pouvant vaincre la résistance qu'on lui opposait, et désespérant de forcer la porte, qu'on avait soin de tenir fermée, il se jette par terre, et, de dépit, se roule comme un furieux par tout le salon. Sur ces entrefaites, le père arrive, demande où est son Auguste (c'était le nom de l'enfant), qu'il ne voit pas, et apprend de la gouvernante qu'il est dans la situation que je viens de dépeindre. Aussitôt il entre avec un air désolé dans l'appartement où était l'enfant, qu'il feint de ne pas voir; il frappe la terre du pied, il lève les mains au ciel, et s'écrie en poussant un profond soupir :

— O ciel! que viens-je d'apprendre? mon fils est devenu fou; il a porté, dit-on, la folie jusqu'à se rouler par terre comme un frénétique! Je ne pourrai donc plus jouir de la douce satisfaction de l'avoir à mes côtés, de le tenir dans mes bras, de lui prodiguer mes tendres caresses, et de lui donner sans cesse de nouvelles marques de mon amour! Il faudra que je le chasse de chez moi, que je le mette dans une maison de force; et ce fils chéri, de qui j'attendais toute ma consolation et mon bonheur, ne pourra plus faire que mon tourment et ma honte! Ah! si vous voulez me punir, ô mon Dieu! ôtez-moi la vie, je vous en conjure, mais rendez la raison à mon fils. J'aime mieux cesser d'exister que d'avoir la douleur et l'humiliation de le voir fou.

Tandis que le père parlait ainsi, en donnant toujours de nouveaux signes de désespoir, l'enfant, tapis sous une table qui était au fond du salon, observait attentivement tous ses gestes, écoutait en silence toutes ses paroles, et je laisse à penser quelle était sa situation. Il tremblait, il rougissait, il pleurait; mais il était si honteux de sa faute qu'il n'osait pas se montrer. Cependant la vive douleur dont il était pénétré lui fit enfin surmonter la honte qui le retenait; il saisit le temps où son père, qui n'avait cessé de se promener en frappant du pied, retournait vers le côté opposé à celui où il se tenait caché, il se mit à le suivre à petit bruit, en marchant sur les pieds et sur les mains; et, au moment même où ce tendre père tournait en s'écriant encore :

— O ciel ! avoir un fils fou !

— Non, non, papa, lui dit l'enfant en se jetant à ses pieds les larmes aux yeux, votre fils n'est pas fou; il vous promet qu'au contraire, à l'avenir, il sera toujours bien sage.

A ces mots, le père le prend dans ses bras, le presse sur son sein, l'arrose de ses pleurs, et lui témoigne sa satisfaction par les plus tendres caresses. Mais ce qu'il y eut de plus satisfaisant encore pour ce bon père, qui m'a lui-même raconté cette aventure, c'est que l'enfant fut exact à remplir sa promesse, et que, depuis la scène qu'on vient de rapporter, il ne lui échappa plus le moindre trait de mutinerie.

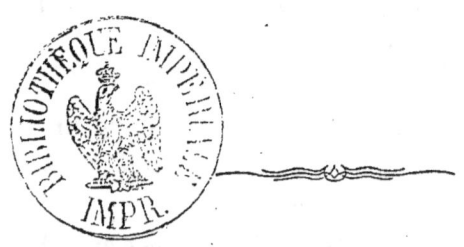

Limoges.—Typ. Barbou.